襄平
薊
北平
南皮
平原
北海
鄴
濮陽
陳留
小沛
許昌
下邳
汝南
壽春
吳
野
建業
江夏
盧江
會稽
吳
柴桑
長沙
桂陽

西涼
天水
長安
漢中
尚庸
梓潼
蜀
永安
成都
江洲
武陵
雲南
零陵

九命喜鵲救曹操

文 王文華　圖 托比

序

曹操，笑看的天下

從歷史角度看，曹操顛覆了漢朝，被史家認為是個奸賊；在《三國演義》裡，因為他不像劉備是皇室後裔，於是也被歸類成漢奸。

去演講時，問小朋友，三國演義裡，誰最奸詐狡猾，多半答案不是董卓就是曹操。董卓很壞，人盡皆知。他一把火燒掉洛陽城；他廢掉小皇帝，讓洛陽到長安的路上十室九空。但是，董卓如果夠奸詐，他就不會上了連環計的當，和呂布從父子變成仇人。說起來，奸詐狡猾套不到他頭上。

曹操呢？許劭說他是「治世之能臣，亂世之奸雄」，他算是奸詐之徒了嗎？

年輕的時候，他謀刺董卓，被陳宮抓住；他腦充血，獨自去追董卓敗軍，最後差點被徐榮給殺了。他在《三國演義》裡，死裡逃生的場面無數，如果他是奸詐狡猾之徒，這種戰爭，應該讓別人去打呀。

曹操沒有，他不斷出征，讓自己置身在危險之中，怎麼看，都不像是個只為自己打算的人。

而且，和劉備比起來，你應該要更喜歡曹操些。

劉備愛哭，遇到事情就哭，說他的天下是哭出來的也不為過。

曹操不一樣，他笑。打勝仗了，得意的笑；打敗仗了，他也是笑嘻嘻的。赤壁之戰後，曹操敗逃到烏林，見那裡山勢險峻，竟仰面大笑。大家問他笑什麼，他說他不笑別人，只笑周瑜無謀，諸葛亮少智。若是他用兵就在烏林埋下一軍，敵人插翅也難飛。

話才說完，兩旁一聲砲響，趙子龍斜刺裡殺來，殺得曹軍肝膽俱裂。若不是徐晃捨命相救，曹操哪能逃脫得了。

眾人逃了一夜，又遇大雨，人人又餓又累，來到葫蘆口。曹操坐在林子裡又笑了，笑諸葛亮、周瑜智謀不足，若是他來用兵，就在這裡埋下一票軍馬。

見他笑得開心，山口果然一軍擺開，為首橫矛立馬的正是張飛，人家孔明也算計到了嘛！

好吧，打不過張飛，眾人勉強逃到華容道，這時「軍已餓乏，眾皆倒地，死者不可勝數，號哭之聲，于路不絕」。敗得這麼慘，百萬大軍只剩三百餘騎，曹操該哭了吧？

不，他沒有。

曹操在馬上揚鞭大笑：「人皆言周瑜、諸葛亮足智多謀，以吾觀之，到底是無能之輩。若使此處伏一旅之師，吾等皆束手受縛矣。」

後來的故事大家都知道：關羽出來了，但關羽感念知遇之恩，義釋曹操，放他一條生路。

這是《三國演義》裡很著名的一段。一般人只看到曹操敗得多淒慘，孔明贏得多瀟灑，我卻見到曹操的大器，拿得起，放得下。

曹操不是出生在軍人世家，初期他老是打敗仗，但他總能在失敗裡汲取經驗，在下一場戰爭裡，贏取勝利。

曹操聰明，但不像孔明。孔明在每一場戰爭裡，都會想好各種策略，做好萬全準備；曹操不太一樣，有時他也會腦充血，像是帶著復仇之心去打陶謙；為了美女把戰爭拋在腦後（與張繡嬸嬸談戀愛）；有時他也敢賭一把，以小博大，像是官渡之戰對袁紹。

曹操的詩寫得好，他寫的短歌行，是文學史上一顆珍珠，照亮了三國時代；他計謀百出，實在不輸給孔明，「望梅止渴」、「割髮代首」等成語都出於他的典故；他的兒子個個成材，曹植、曹丕是出名的文學家，曹沖更是神童；只是他行事為達目的，過於狠

毒，又把皇帝牢牢掌握在手中，這才被小說家給寫成一個奸詐狡猾之徒。

這幾年，聽說找到曹操的墓了，我去大陸玩時，還想說去看看，可惜目前沒有開放，我只好寫本書來說說曹操。

說曹操，曹操到！讓我們重新認識曹操吧！

目錄

序 曹操，笑看的天下 02
人物介紹 06
1 喜鵲任務 14
2 我是蹇叔，誰敢打我？ 25
3 攻心為上，解救圍城 33
4 從前有個胖胖的大壞蛋 48
5 寧教我負天下人 59
6 稟盟主，讓關小兵上吧！ 78
7 曹操的米倉堆滿糧 92
8 一支白雪復仇大軍 103

9 方天畫戟，呂布殺來啦！ 108
10 把天子當成人質囉！ 118
11 張繡又造反了 127
12 我犯法……所以我割頭髮 138
13 籠中鳥來了又飛了 149
14 排名第一爭奪戰 160
15 蔣先生，都是你的錯 166
16 錦馬超也敵不住曹操 186
17 最後一次救曹操 196
456讀書會 205
推薦文 當我們同看《三國》 東華大學中文系教授 **王文進** 210
推薦文 如果拿《三國演義》當國語教材 北投國小資優班老師 **陳永春** 215

人物介紹

小九，八卦喜鵲網的成員之一。他負責觀察曹操，好讓許劭師父幫曹操下評語，可是小九上了曹操的當，把錯誤的訊息傳給師父，害得許劭師父下錯評語。為了彌補過失，許劭師父施法送他九條命，每一條命都能救曹操一次，但小九發現，只要他救了曹操，身上就會變成……

曹操，字孟德，小字阿瞞。曹操一手拿刀，他是偉大的軍事家；一手寫詩，是三國有名的詩人。他把漢獻帝接到許都，「挾天子以令諸侯」成為一方之霸。在官渡之戰時，曹操大破袁紹，逐漸統一中國北部，他也想

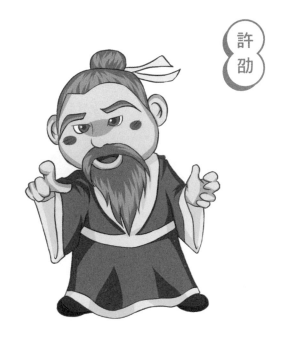

揮軍南下，卻被孫權和劉備的聯軍擊敗於赤壁。但曹操灰心了嗎？當然不，他想一統天下的夢，可是比誰都來得大。

許劭

許劭，月旦評的主持人，法術高，人緣好，大家都希望能被月旦評說一句好話，從此升官發財不在話下。曹操威脅利誘，逼得許劭說他是「治世之能臣，亂世之奸雄」，曹操得了這句評語很高興，再也不為難他。許劭卻很著急，他必須對自己的評論負責，只好作法，請八卦喜鵲網的小九，一路保護曹操，非得讓曹操擔任「亂世之奸雄」不可。

董卓

陳宮

董卓，字仲穎，黃巾賊鬧事時，他被任命為中郎將，打黃巾賊打不過，卻被大將軍何進邀請入京殺宦官。一進了京，董卓露出真面目，廢掉小皇帝，改立陳留王當天子，他大權在握，為非作歹，殘害百姓。當諸侯們組成聯軍討伐他時，他竟然焚燒京城，遷都長安，簡直是三國演義裡，第一反派角色代言人。

陳宮，本是中牟縣太守，感佩曹操刺殺董卓，跟隨他闖天下；曹操濫殺呂伯奢一家後，見到曹操殘暴的一面，憤而遠離他。陳宮足智多謀，曾輔佐過呂布，多次設計打敗曹操，只是呂布太過自負，不愛採用陳宮的計謀，最後呂布戰敗，陳宮被曹操所擒。

典韋，字子滿，是曹操身邊的名將。典韋身材高大，力氣過人，雙戟是他的武器，重達八十斤，舞動起來，千軍萬馬難敵。因為他勇猛過人，小九最愛找他救曹操。在曹操與張繡作戰時，典韋負責駐守曹操大寨，張繡想打曹操，就必須先打敗典韋，想打敗典韋，就必須先……想一想，你知道如何打敗典韋了嗎？

祕字第一〇九七一六號報告：

二〇〇九年七月十六日，我與北大考古隊來到河南。我們在這裡發現一座漢墓，從墓裡的文物研判，幾乎有百分之九十九點九九的共識，認為這裡是曹操的墓。

根據史書記載，曹操生性多疑，他擔心死後會有人盜墓，一共設置了七十二座疑塚。長久以來，沒人找得到他的墓。然而，這個河南七號坑，極有可能正是曹操的墓。

證據在於這座墓裡不只放有金器、銀器、銅器，陶器、兵器等名物，更有一塊寫有「魏武王常所用挌虎大戟」的石牌。

曹操生前為王，直到他的兒子曹丕當上皇帝，他才被追封為魏武帝；因此，「魏武王」的稱號與他死時的身分相符。顯然，這座石牌正是此墓穴為曹操所有的最大利證。

此外，考古隊也在墓室裡有了新發現。一隻銅鵲被放在疑似曹操的骸骨胸前，而墓室四周牆壁寫滿了被人以利器擦刮出的文字，字跡深入牆壁○點○一五厘米。可疑的是，那些筆畫痕跡與銅鵲的爪子相符。難道是有人抓著銅鵲寫字？亦或是銅鵲自己飛到壁上刻寫？此可謂本次挖掘曹操墓室所得的三大謎團之一。

以下的故事即為曹操墓室裡所發現的文字抄寫與翻譯後所得。

註：下列文字極為機密，切忌被外人得悉……

國家文物研究院王小薇

1 喜鵲任務

「師父，出大事啦！」

「大事不妙啦，師父……」

哪裡來的叫聲如此淒慘，難道是黃巾賊殺進洛陽城？連喜鵲都知道，黃巾賊經過的地方，莫說人類要妻離子散，我們喜鵲也沒好日子過，因為連樹皮與草根，統統都會被這些賊人吃光啃光。

想到這裡，心一慌，我嘴裡叨著的小青蟲也掉了。低頭一瞧，唉呀，哪有什麼黃巾賊，那不就是我們八卦喜鵲網的先鋒小四嗎？

小四一向探聽消息最準確，也最得許劭師父的信賴。看他飛得這麼

急，絕對有大事，而且是天大地大的事情。只是不管什麼天大地大的事，碰上了師父下棋，全都不夠看。師父的四周，圍了一圈又一圈的人，能夠親眼目睹大師下棋，那可是洛陽城難得的大事。

小四飛過閒逛的路人、觀棋老翁與一個賣花婆婆。婆婆後頭是棵大樹，樹上也坐滿了人。低矮的分杈，那裡被個黑臉大漢搶到，大漢不讓路，小四情急，直接從大漢胯下鑽過去。

這一鑽，力道用得大，小四在半空中來不及煞車，一頭撞上棋桌。哈哈哈，我見了笑得站不住腳，竟從樹上掉下去。

「唉呀呀！誰能救救我呀！」

半空中，伸來一隻大手，我睜眼一瞧，濃眉大眼，正是師父接住了我。他道：「小九，你沒張開翅膀怎麼飛呀？」

果然師父一語提醒夢中鳥。我真糊塗，忘了自己有翅膀，張翅即可飛翔呀。

「許大師還下嗎？」找茶亭的亭長下好一子，抬頭詢問。他的棋力不差，全洛陽城也只有他能和許大師對奕。

「當然。」師父摸摸我的羽毛，伸手取棋石。

小四用翅膀揉揉頭，一邊喊：「師父……」

師父微微看了小四一眼，他便急忙閉嘴，乖乖的站在棋桌上看棋，不敢再多言。

師父的手，暖和又舒服，從我還是一顆蛋時我就知道。

夕陽西下，師父下完棋，總算人潮都散去了。他這才問小四：「慌

慌張張，所為何來？」

小四差點忘了大事，連忙說：「師父，咱們被曹阿瞞騙了啦。」

「曹阿瞞？」天底下想要求師父評論的人實在太多了，他總記不住誰是誰。

「就是曹嵩大人的公子，曹操，字孟德，小字阿瞞。」

「是哪個曹操呀？」許大師真的想不起來。

「師父，就是那個個子矮矮小小，眼睛很細的曹操。您說他長相不好，若非他父親曹嵩託人說情，您原來根本不肯評他隻字片語的。」

哦，這下連我也記得那個曹操了，因為師父對曹操的評語，就是根據我的觀察報告得來的嘛！

洛陽城裡，莫說是人，連鳥都清楚月旦評的威力。

許劭師父每月初一，都會針對特定人物給出一番評論。不管是皇親國戚、販夫走卒，只要能被寫入月旦評，名聲很快就天下皆知；於是江湖傳言，若是想要出人頭地，就得找許劭大師瞧一瞧、相一相才行。由於許大師都是每月初一日評論，因而稱為月旦評。

想讓名字出現在月旦評上的人，有如過江之鯽。

只是許大師惜「口」如金，每則評論，大師都會派我們八卦喜鵲網的喜鵲們去詳加考校，連祖宗八代也要調查得仔仔細細才行。

那個曹阿瞞，也就是曹操，正是由我負責觀察、探聽消息。那份報告，足足花了我三個多月才做出來。

師父摸了摸鬍子說：「依照小九的紀錄報告，這個曹操雖然長相平凡，說話有點囉嗦之外，腦筋看起來還挺靈活的呀。在現今這個奸臣當

道、群雄並起的亂世中，上有父親蔭著，下有一幫兄弟捧著，好歹也能算個『治世之能臣，亂世之奸雄』。小四，我的評語，沒錯呀！」

我立刻鼓掌叫好：「師父英明，師父厲害，師父頂呱呱。」

小四瞪了我一眼說：「師父有所不知，曹操這小子特別賊，曹家老老小小、曹府的街坊鄰居都被曹操嚴格規定，若有人問起曹操品性好不好，全都只能說他好話。」

「因而……」

「因而……根據我剛剛得來的消息，所謂溫良恭儉讓的美德，阿瞞一點也沒有。他還成天跟著洛陽城裡一幫公子哥兒鬼混，游手好閒，甚至結夥搶新嫁娘……」

我搖搖頭，不會吧？明明我去看他的時候，他很乖呀。

小四補充：「更壞的是，他的叔叔三番五次好言相勸，曹操聽了心裡不高興，有一回在路上遇見叔叔，竟突然臉部抽搐，嘴巴歪斜……」

我驚訝：「曹操中風了？」

「他叔叔也如此想，連忙通知曹嵩，等曹嵩好不容易找到曹操了，卻發現曹操人好好的坐在屋裡讀書。」

師父嘖嘖稱奇：「怪啦，這中風難道轉眼就能好了？」

小四搖搖頭：「才不呢，曹操根本就是裝病，還故意一副可憐兮兮，說什麼是叔叔不喜歡他，巴不得他生病，才會在他爹面前造謠生事，說什麼他中風了。曹嵩也信了曹操的鬼話，後來，再也沒人管得動曹操。」

「唉呀呀……這該如何是好呀？」師父急著說：「小四呀，你翅膀再

累一回，趕快追回剛剛印行出刊的月旦評，然後一把火全燒了，大家趕緊再重新謄寫一份。」

小四跺著腳：「師父，來不及了，這期月旦評，昨夜已透過馬車快遞，發送到全國各地的書鋪子去了。」

師父的手在微顫：「去去去，花再多錢也沒關係，快去把它們全買回來。」

「早就派人去了，可是書販說……」

師父抓著小四的脖子：「說什麼？」

小四淒厲的大叫：「月旦評銷路太好，才剛送到書鋪子就賣光了。曹操還找人抄，逢人就送。師父，我快喘不過氣來啦！」

師父鬆了手，頹然坐下：「所以人人皆知啦？」

小四點點頭。

一想到自己的一世英名，可能會被那個頑童似的曹操給毀了，師父氣呀，那氣從心頭直衝腦門。師父的手朝我一抓，把我抓到他面前。

師父的眼睛，布滿了血絲。

「小九，一切都是你去查來的，」師父說：「你犯的錯，你就得自己去承擔，否則，月旦評以後還怎麼評呀，對不對？」

我急了：「我？我只是一隻鳥。」

「八卦喜鵲網的喜鵲都是我親手孵出來、親自訓練的。你們聽得懂人話，也能與人溝通，別擔心，我再施法送你九條命。記得呀，我說曹操是治世能臣，否則，他就得在這個亂世裡當個奸雄，心狠手辣，才能終結這亂世。我的評語，你得幫他實現，不能讓月旦評失了信用。」

小九，月旦評的信用就靠你救了！

「我只是一隻鳥，怎麼幫曹操呀？」

師父說：「小九呀，你不用擔心，我會作法送你九條命。記住，你幫曹操八次忙，最後一條命留著自己用。有了這條命，你就能長生不老，當一隻永遠不會死的喜鵲，划得來吧？切記，你可以救曹操八次，最後一次……」

我不想，但是師父已經把我帶到祭壇上。

檀香裊裊，直往天際，師父念的咒語，愈來愈輕，愈來愈輕；他的手在我背上輕輕的撫摸，好舒服，好舒服……

② 我是蹇叔，誰敢打我？

我再睜開眼睛時，銀盤似的月亮掛在天空，打更人剛過，嘟嘟嘟的聲音愈走愈遠。我耳裡，似乎一直有個聲音在喊：「幫曹操，救曹操，九命喜鵲幫曹操。」

「知道啦！」我大叫，拍拍翅膀，往外飛。

深夜的洛陽城，寬闊的街道上，幾十個人前呼後擁的跟著一個官差。那官差年紀不大，個子不高，騎馬走在最前頭。

「那是……曹操？」我太興奮了，加速飛過去，降落在他肩上。

「喂，曹操，曹操，都是你害我的……」

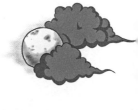

我還沒說完，曹操提著燈，望著我，開始嘮叨：「嘿嘿，稀奇稀奇真稀奇，一隻喜鵲肩上停，是喜兆嗎？還是哪個法師訓練作法來的鳥，你這……」

他伸手想抓我，我急忙拍拍翅膀，飛起來：「你抓不到！」

「哇，更稀奇了，牠……牠會說話，你們快把那隻鳥抓來。」

幾十個衙役如狼似虎展開陣勢，他們的五色棒，在夜空中形成一張網；幸好我身體瘦小躲得快，一飛就飛到了前頭。黑漆漆的長巷，迎面正好過來一頂轎子。

凌空飛渡，我想也沒想就鑽進轎子。轎子裡頭，坐著一個胖胖的老頭子。老頭子大概喝多了，鼾聲震天，酒氣沖天。才聞一下，我立刻頭昏腦脹，只想往外跑，這時曹操的手下已經趕過來了。

油燈下，幾十根棒子，閃著油光。

轎邊管家怒喝：「哪來的閒漢，敢擋我家老爺的轎子？」

「什麼閒漢，我們可是洛陽城北部尉的手下。」

管家高傲的問：「你們可知道轎子裡的人是誰？」

曹操來了，他的聲音冷冷的：「前幾天才貼了告示，入夜有宵禁，不管是誰，一律不准外出，你們沒看見？」

管家發覺威嚇不了來人，平時仗勢欺人的模樣，這時卻顯得有點害怕，急忙搖著轎子裡的老頭子：「老爺，老爺！」

「什麼事呀？」

「前面來了個不長眼的，說什麼我們犯了宵禁。」

「誰……誰敢擋老夫的路。」老頭子咆哮著，拉開轎簾，「你是誰呀？全洛陽誰人不知我乃小黃門蹇碩的叔父，讓開。」

「哦，原來是當今聖上身邊大紅人，蹇叔呀。」曹操在馬上冷笑。

「算你知趣，滾！」蹇叔說。

曹操非但沒滾，反而搖搖手裡的馬鞭：「來人呀，把他拖出來。」

那幫衙役個個唯唯諾諾，卻沒人敢真的動手。

「哼，諒你們也不敢。」蹇叔傲慢的笑著，他平時一定欺負人欺負習慣了，看起來一副理所當然的模樣。

沒想到，曹操登時飛身下馬，伸手就把蹇叔從轎子裡拖出來。

「你……」蹇叔看起來有點狼狽，連站都站不穩呢。

「我怎樣？」曹操用力瞪著他，「你知不知道宵禁？」

「當然知道，但是……」

「那就是明知故犯了。」曹操不讓他再講，朝著手下招了招手。「君子犯法，與庶民同罪，來人呀。」

「在！」

「重責五十大板！」

「你敢？」

曹操被他這麼一激，不敢也敢了：「豈有不敢，給我重重的打。」

平日飽受權貴們的氣，衙役們發現今日有機會可以好好出口氣，哪有放過他的道理，大棍掄起來，劈里啪啦的就打。

三十棍不到，底下的人沒氣了。

「死啦？」衙役們慌了。

「怕什麼，天塌下來，我替你們扛著。」

曹操雖然不高，聲音卻有一股霸氣，連我在他面前飛來飛去，他也沒注意。真是英雄呀！不怕小黃門蹇碩，哇！太讓我佩服了。真不知道小四去哪裡打聽來的消息，明明就是英雄，他卻看成了狗熊。

第二天，小黃門蹇碩的叔叔因為犯禁而被活活打死的消息，頓時震驚洛陽城。

人人都說，新任的北部尉連皇帝眼前的紅人蹇碩都不怕了，他還會怕誰嗎？不到三天，洛陽城裡的犯罪率直線往下降，那些魚肉鄉民的地痞流氓，全改到外地去耀武揚威了。

很多人說：「別看曹操以前頑皮，當了官，還真有幾分模樣。」

「對嘛對嘛！」我只要聽到別人這麼說，心裡就很得意，「他是我觀察的，還會有錯嗎？」

但實際的情形是：曹爸爸曹嵩被自己兒子的行為嚇得心驚肉跳的，每天提著禮，挨家挨戶到處賠不是。

「不好意思，原諒我兒子。」

「請多多關照小犬。」

「他……他真的不是故意的……」

曹嵩這邊愈是拚命彎腰道歉，曹操那頭就愈是繼續嚴格執行律法，六親不認。

人前大家喊他是英雄。

人後曹嵩到處去賠罪送禮。

「這……」看曹操這樣不停的得罪人，連我也擔心起來，找個時間飛進皇宮，想看看蹇碩怎麼看待這件事。

蹇碩對皇上說：「曹操做得好，國王犯法與庶民同罪，家叔該打。」沒多久，皇上就下令把曹操升官了，於是我得陪著他到遙遠的頓丘當縣令。

又沒多久，皇上又幫他升職，把曹縣長調回京城研究古書去。

再沒多久，曹操又被派去山東當縣令。

再沒多久……

喜鵲搬家很簡單，翅膀一張就行；曹操不一樣，他四處奔波，沒一刻安穩。主使這一切的，當然是蹇碩。俗話說，君子報仇三年不晚，小人報仇，更是天長地久。

誰叫曹操去惹到一個小人呢！但換個方向想，至少曹操和蹇碩之類的人比起來，確實英雄多了吧！

3 攻心為上，解救圍城

我對曹操說了很多遍：「我是九命喜鵲，奉命救你。」

但曹操聽了總是不當一回事，還哈哈大笑：「一隻喜鵲能救我？」

他對我的任務嗤之以鼻，動不動就說：「滾開，滾得愈遠愈好。」

可是我不能離開他，離開他不到一里遠，立刻全身痠痛，頭疼難耐，連翅膀都張不開。

「哼，你信也好，不信也罷，終有一天，當你大叫誰來救我時，你就知道。」

突然，一枝羽箭朝我射來，是曹操射的箭。

「你走開。」他不耐煩的大吼：「我要帶兵去打仗。」

「好，你以後別來求我救你。」我也大吼，不理他，乾脆飛到城樓上看熱鬧。

洛陽城門口，曹操帶著五千個士兵準備要出發去打黃巾賊。

黃巾賊就是黃巾軍嘛，官府稱他們賊，民間叫他們軍，那是張角帶的兵。許劭師父說過，張角自創太平教，以給人看病當幌子，說是能撒豆成兵，並有天賜神言，說什麼：「蒼天已死，黃天當立，歲在甲子，天下大吉。」張角跟他的弟弟張寶、張梁因此成立黃巾軍，還自稱天公將軍。

大概是日子真的太難過了，黃巾軍一起義，百姓竟紛紛響應，一時之間，有百萬人加入。百萬黃巾頓時聲勢浩大，不但打敗右郎將朱儁，

黃巾軍的大將波才，還以十萬大軍把中郎將皇甫嵩的三千軍隊困在一座小城裡，動彈不得。

當時，京師洛陽人心惶惶，蹇碩特別指派曹操去打仗。

曹操從沒帶兵打過仗，而且只給他五千兵力要他去打十萬賊兵？蹇碩肯定是不安好心。

我這麼警告過曹操，但是曹操不理：「你是一隻鳥，鳥只要管蟲子好不好吃就好。」

「可是蹇碩……」

又一枝羽箭飛來，還是曹操射的。

「我這一仗只許勝不許敗，我不想打，也得打。」

他開始詳細的解釋，說什麼他根本沒得選擇，這場仗要是勝利了，蹇碩肯定會再想別的法子治他；若是失敗了，回去洛陽也是死路一條，他曹操又能怎麼辦呢？

我看全洛陽也只有曹操會對著一隻鳥嘮叨個沒完，等他嘮叨完了，還拿著長槍指著我說：「你走，飛得愈遠愈好。」

我也想走，卻離不開曹操。師父不知道對我下了什麼咒，不管曹操走到哪我就得跟到哪，離開他不到一里遠，我就頭痛，百試百靈。

曹操的軍隊很快就碰上了黃巾賊，他們正包圍一座城，城裡是皇甫嵩將軍。

這是我第一次見到黃巾賊。聽說張角有仙人授予《太平要術》的仙書，能夠撒豆成兵，揮劍成河；他的軍隊，人人刀槍不入。

曹操的五千名騎兵，也是第一次要與黃巾賊作戰，不過，軍中流言四起：

「撒一把黃豆就能變出千軍萬馬，這種軍隊，誰能跟他們作戰呀？」

「回家吧，別打啦。」

幾個隊長跑進中軍大帳：「將軍，該怎麼辦呢？大家都害怕，沒人敢上陣。」騎兵隊長前來問過不止一次。

曹操拿出《孫子兵法》，指著書上說：「別慌別慌，打仗時，攻城為下，攻心為上，知道吧？」曹老師上課了，一上就是一個時辰。

「這……臨陣看兵書，未免……」幾個隊長互相看來看去，心裡益發不踏實。

曹操沒理他們，他正想著如何攻心為上呢。

「勝利……」他決定，先派人去探探敵情。

我揮揮翅膀表示想去。但曹操當作沒看見，決定派他手下最會騎馬的騎兵隊長前去。

隊長不敢衝進黃巾賊裡，他只敢在敵陣外頭繞了一圈，運氣不錯，回程還抓了一個黃巾賊回來。

這人果然像個賊，全身上下破衣爛衫，還赤腳呢。天寒地凍的，除了包在頭上的那一方黃巾，怎麼看也不像個兵。

「我……」不知道是害怕還是天氣冷，這小伙子渾身發抖。

曹操命人給他一塊馬肉，還賞他一碗酒喝：「小伙子，有二十了吧？娶媳婦了嗎？」

「您的眼力不錯，我媳婦兒還在營裡呢。」

「看你身上穿的，怎麼不讓媳婦兒給你做套新衣裳呢？」

「波才將軍說，攻破城門，就發新衣。」

「來這兒待多久啦？」

「大半個月了，這座城太高，難爬。」

「哦，隆冬季節，氣溫如此低……」

「不怕，我們有草屋，將軍說打不下就住下來，困死皇甫嵩那個膽小鬼。」

「草屋？」曹操又問：「聽說你們天公將軍有法術，能讓你們刀槍不入，你有這本事？」

「當然。」小伙子答得精神。

曹操拍拍手大笑：「好好好，你能不能在我的士兵面前表演一下？

你如果能挨一刀不掉腦袋，我就放你回去。」

「男子漢大丈夫，你可不能騙我。」

「我是朝廷命官，豈會失信於你。」

曹操特別把消息告訴大家，中軍帳前，很快就擠滿了人，大家都想看看什麼叫刀槍不入。

只見小伙子口中唸唸有詞，什麼天公地公人公公的，約莫在作法啦……

我瞄一眼曹操，曹操好像也很擔心，我猜他也怕張角真的會作法，要是真的……

刀斧手的大刀，揚起一圈白光。

刀光過後，地上滾的，正是那個黃巾小賊的頭。

現場揚起一陣歡呼：

「沒有刀槍不入？」

「全是騙人的法術。」

曹操鬆了一口氣：「你們看清楚了嗎？」

五千個騎兵同聲怒吼：「看清楚了。」

「還怕不怕？」

「不怕。」

「好，今日提早一個時辰做飯，三更時分進攻。」

回到中軍帳裡，曹操斜看我一眼：「哼！這就是攻心為上，知道了吧？」

我點點頭：「算你厲害。」

術法

曹營裡士氣大振，大家都同意先吃個飽，等一會兒好有力氣殺得敵軍片甲不留。趁他們煮飯的時候，我打算先飛到高空看看。

天氣太冷，遠方的圍城，城牆上都結了厚厚一層冰。四邊的城門都有人在進攻，守城的士兵只能不斷砸下石頭，射下冷冷的箭。

包圍冰牆的，是無數的草屋。天氣很冷，草屋裡的人瑟縮顫抖。

「人類真無聊，沒事幹麼打來打去？」我看了一陣子，正想轉身，突然，城裡有個東西吸引了我。

守城的大將似乎正在指揮什麼，好多好多的火油、火箭和石頭堆疊在城門內，裡頭的人忙碌比劃著。

「火油？難道今晚要用火攻？」我想。

今天的風很大、很強，而且來時逆風，回程是順風，如果城裡用火攻，那火不就會直接燒到曹操這裡來？

乖乖，這可不得了，風狂雪疾，好像有人在我腦海裡吟唱：「九命喜鵲救曹操，九命喜鵲……」

我急忙振翅疾飛，不斷大喊：「曹操，曹操，今晚城裡用火攻，你要移到側風，速速逃命。」

中軍大帳裡，鼾聲如雷，是曹操。

我急忙啄他：「曹操，快起來，今晚城裡皇甫嵩將軍用火攻，移到側風，速速逃命。」

我叫一聲，嘴巴就痛一下，愈叫愈痛。我也沒空理嘴巴，只顧著咬曹操、叫曹操。但是曹操，真睡死了似的，好不容易才醒來，彷彿還在夢中呢。他看看我，又看看棉被，又看看我，又看看……

「城裡用火？我在下風？」

他完全清醒過來了，急忙下令全軍移到側風處：「若是今晚不改位置，豈不是糟了個糕，唉呀呀……」曹操一嘮叨起來，那就沒完沒了。

騎兵隊長下令移防，軍隊才剛在上風處重新布署，遠方，城裡已射出了無數火箭，把城外的草屋燒成一片紅通通。而且大火隨風勢狂捲過來，只差那麼一點點，就要火烤曹營啦。

火光衝天，黃巾賊被火勢給嚇壞了，十萬黃巾賊全陷進火海裡。曹操見機不可失，立刻帶著五千騎兵衝進賊兵之中。

這是我第一次救了曹操。

後遺症是——我的嘴巴變成銅的了。銅嘴巴，吃什麼都方便，再硬的核桃，照樣一啄就破，就是飛行時有點沉。

「沒錯吧，我是來救你的。」

「哼，才怪，是我英明眼光好，移位置還打勝仗。」

我很生氣：「你這人……」

曹操也很生氣：「你這鳥……」

他不理我，好像不把我放在眼裡。不過，那天晚上，我的食盤上，多了一條手指大的毛毛蟲；那可不是士兵送來的唷，是曹操自己去草叢裡抓來的。

「這傢伙……」我把小蟲一口吞掉，「算你還有點良心。」

幸虧跑得快，差點就火燒屁股了……

4 從前有個胖胖的大壞蛋

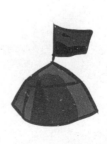

八卦喜鵲網傳來新消息，漢靈帝駕崩了，整個洛陽皇宮裡亂糟糟。

皇宮裡的兩位太后，展開了奪權大作戰。

董太后依靠宦官，想擁護皇子劉協；何太后也要立自己的兒子劉辯做皇帝，因為她有個大靠山，就是她哥哥何進。何進手上握有兵權，何太后因而佔上風，所以劉辯雖然只有五歲，卻因此當上皇帝；而劉協年紀較大，但只能當陳留王。

劉辯年紀小，凡事都得聽舅舅的話，總之何進才是真正的掌權人。

那個何進，原本在菜市場裡賣豬肉，若不是妹妹長得漂亮當上皇

后，怎樣也輪不到他當大將軍。

從來不懂國政的何大將軍，個性猶豫不決，總是把國家大事當成一塊大豬肉處置；偏偏該怎麼切、該怎麼割，常常拿不定主意。

就像現在，曹操和袁紹勸他把皇宮裡的宦官除掉，但是何進卻不敢下決定。

宦官就是太監，由於他們服侍皇帝，天天朝夕相處，常常在皇帝耳邊嚼舌根，老是藉機把持朝政，弄得天下大亂。

曹操的建議很長，濃縮起來就是：「大漢朝亂糟糟，全是宦官惹的禍。大人，把他們全殺了吧！」

唉，又是「殺」，真不知人類成天殺來殺去，腦子裡到底在想什麼？還是當一隻鳥快樂，餓了找條小蟲吃，渴了找點山泉喝，剩下的時間，就窩在城樓上聊天唱歌，日子過得簡單又自在。真不懂人類幹麼有舒服日子不過，成天殺來殺去不累嗎？

皇宮裡，我看見幾個宦官又跪又爬的趕去後宮。

他們就是為了找何太后求情：

「太后，何將軍要殺我們哪！」

「請太后做主，我們只是小小的太監，哪能做什麼亂呢？」

何太后心腸軟，於是，她勸何進：「哥哥呀，我們本來只在市場做買賣，要不是宦官們發現我，把我帶進宮，嫁給了皇上，哪有今天穿金戴玉的日子過？而且宦官只是皇宮裡的下人，他們能做什麼呢？」

何進覺得有理，不殺宦官了。

曹操一再勸他：「不除掉宦官，後患無窮，大人三思呀。」

但是何進心意已決，就像當年拿著菜刀一剁，肉皮兩分，反而大罵：「小小曹操，你哪懂什麼國家大事呢？退下！」

曹操很生氣，瞪了我一眼。他被何進罵，干我什麼事？早叫他別理這個草包大將軍了。哼，我本來想告訴他，東街大酒樓打折的消息，現在也不說了：「哼，讓你喝不到好酒！」

沒好酒喝，沒什麼關係，但是宦官一看何進改變心意不殺他們，反倒先下手為強，立刻挾持皇帝，緊閉皇宮大門。

何進這才被嚇得手足無措，急著找曹操和袁紹商量。

袁紹建議：「大人莫慌，我們調集四方精兵進城保護皇上，何愁宦官不除？」

何進很高興，覺得袁紹真是好朋友，能在這麼緊急的時刻，想出這麼棒的主意來。

曹操反對：「大人，宦官手無兵權，對付他們，只要派士兵把他們全抓起來，事情就解決了呀；殺雞用不到牛刀。」

何進嘿嘿冷笑兩聲，他認定曹操官小學問少，根本不聽曹操的話。

曹操退了朝，搖頭嘆息：「天下會大亂，全怪何將軍！」

「你帶兵反抗他呀！」我建議了不下數次。

他舉刀朝我一揮：「你只是隻鳥，能懂什麼國家大事？」

這一刀揮得急，我急忙躲開飛到半空。

空中視野遼闊，皇宮裡，風波不斷。

宦官絕地大反攻，他們假藉皇帝命令，宣何進上朝進殿。

袁紹和曹操都勸他不要去：「宦官不懷好意，您這一去，豈不是羊入虎口？」

「我乃堂堂大漢將軍，豈會怕那群小小的宦官？」

難道何進腦袋裡裝的是水嗎？怎麼大家都說不好的事，他偏硬說對。但是何大將軍都這麼說了，袁紹和曹操也只能全副武裝，帶著五百名精兵保護他進宮。

何大將軍得意洋洋，馬蹄聲在洛陽城裡，得兒得兒的響著。街市邊的平民，全都跪著迎接他。

「哈哈哈！」何進的笑聲，迴盪在酒肆茶館的布招下。

皇宮外，宦官們伸手攔住袁紹和曹操：「皇宮禁地，豈能帶刀帶槍的進入？皇太后只想見見何進大人，聊聊家裡的私事，你們……」

曹操知道有陰謀，力勸何進不要單獨進皇宮。但何進大頭病發作了，竟把馬鞭丟給曹操，狂妄的說：「皇宮，那是像我這樣的大官才能進去的。你們就留在外頭，替我把馬照顧好，選上好的草料餵牠啊……哈哈哈哈。」

我在空中看見了，皇宮內牆裡，五十名刀斧手，正高舉大刀，刀刃閃著雪白光芒。

師父沒叫我救何進，況且曹操覺得被羞辱了，氣得把何進的馬鞭丟向我。我振翅直升，底下，看見曹操被擋在宮牆外，而何進大搖大擺的進了宮……

曹操在宮門外等了半天，卻等不到何大人回來。他命令士兵對著宮門內喊：「何大人，該回府了，何大人，該回府了。」

宮裡無聲無息，時間停了嗎？突然一顆球被扔了出來，天哪，是何進的頭。

袁紹和曹操立刻指揮精兵：「宦官亂我大漢，來人呀，跟我殺進宮裡，保護皇上。」

這時，五百名士兵，用力撞開皇宮大門，士兵們有如虎入羊群，宮裡的宦官四散奔逃。我躲在樹上，閉著眼睛，摀住耳朵；但是哀號的聲音遮也遮不住，一聲又一聲，沒完沒了。

皇宮大亂，皇帝和陳留王也跟著人群跑往山上躲。

後來的故事，是小四告訴我的。由於師父請他注意皇上，於是他跟著皇帝到了山上。

聽說，皇帝走到半夜，烏雲遮住月亮，四周好暗，四周好靜，喊殺喊打的聲音沒了。肚子餓了，一向錦衣玉食的皇帝，哭了。

「我想回宮，我要回宮。」

小四說，當時陳留王跪下來，對著上天祈禱：「神啊，請保佑我們逃出今日的災難，來日定會在洛陽城裡，蓋廟還願……」

「後來呀，」小四說得興高采烈，「陳留王話才說完，神奇的事就發生了。草叢裡飛出無數螢火蟲，點點螢光為他們指引出一條小路，兄弟倆手牽著手，走呀走呀，竟然走進了山裡的一戶人家。那是大臣崔烈的家。」

崔烈見到皇帝很高興，原因用喜鵲的膝蓋想也知道：誰能在皇上落難時出手相救，升官發財的機會還怕沒有嗎？

保護皇帝回洛陽的路上，得到消息的大臣已紛紛趕來，慰問的慰問，請安的請安。就在君臣快樂團聚的時候，前方旗幟蔽天，揚起滿天沙塵，一隊人馬朝他們而來。

帶頭的人腦滿腸肥，騎在馬上，哈，竟然是那個連馬都嫌他重的董卓來了。

聽西涼來的鳥兒說，董卓這個胖子是個大壞蛋。他原本在西涼帶兵，手下足足有二十萬兵馬，卻連黃巾賊都打不過。正覺得無顏見皇帝時，沒想到天上掉下一個大元寶：何進下令號召眾將軍一起帶兵進京殺宦官。於是，董卓就帶了三千名士兵來，半路還揀了一個皇帝回京城。

再後來的事，我就清楚了。

大家怕董卓，其實董卓也怕大家知道，他把他的二十萬兵馬留在西涼，怎麼辦？

董卓有個好方法，天天派那三千名士兵化妝成平民出城。

出城後立刻換回軍裝，雄糾糾氣昂昂的再進城。

出城進城，進城出城。洛陽城裡的人眼都花了，以為董大將軍的士兵真有那麼多，天天有軍隊進京城。

何進死了，董卓趁機搶握大權，第一件事就是要求陳留王當皇帝；至於原來的五歲小皇帝呢，他不要。

聽說小皇帝被董卓關進小院，最後還被他派人毒死。

董卓特愛開會，天天開。他在開會的大堂裡，架了個大鐵鍋，兩旁還設下刀斧手。只要董大將軍覺得開會無聊，他就玩起點指兵兵樂，點中誰誰倒楣，下油鍋、砍腦袋，反正董卓天天都有花樣玩。

董卓想玩，可是大家不想玩，於是每一日都有大臣逃出城，就連最早提議叫董卓來的袁紹都跑了。

5 寧教我負天下人

才不過讓董卓治理一陣子，繁華的洛陽城，就變得冷冷清清。不但酒旗不招，茶館關門，連榆樹上的喜鵲也少了。一時間，空出了好多屋頂，每天我愛上哪家屋頂發呆，就上哪家。如果不是要保護曹操，我也想出城去散散心。

那一日，我在榆樹上望著大臣發呆，看到曹操急著備馬，要趕去王允大人那兒。

原來王允這個傢伙也愛開會，他特別找了幾個大臣去他家開祕密會議。我飛在曹操頭上，順道替他擋點兒陽光。

又是保鏢又能當陽傘，你說，像我這種「好鳥」上哪兒找？但那個曹操偏不愛，還說我是當頭一朵烏雲罩，多倒楣。曹操邊騎邊叨念我，一念就念到了王允家。

王允家好熱鬧，也不對，應該說大家哭哭啼啼的好熱鬧。來開會的大臣特愛哭，三句話裡，就有一句會提到：

「皇上好可憐。」

這句話一定是暗號，只要有人提，大家就要哭一下。

「大漢朝怎麼辦哪？」

這句話也是暗號，因為，廳堂裡的人又哭啦。

「皇上呀……」

大家都很有默契的哭，只有一個人很不識相的笑。

那是曹操：「諸位，擦擦眼淚吧，對付董卓，何必麻煩，小弟我去就行啦。」

「你？」

大臣們又驚又喜，喜的是有人肯出頭除掉董卓，驚的是怕他沒有好方法。

「這幾天，我幫董卓做事，很得他的信任，可以貼身接近他。」曹操自腰間抽出一把刀，說：「這把七星刀，削鐵如泥，我就用它取下董卓的腦袋吧！」

哇，師父真的沒看走眼，曹操果真是個熱血青年，但是殺董卓……

我警告他：「要是被他發現了，怎麼辦呀？」

「你不是有九條命可以救我嗎？」

「不對，是八條，我得留一條命，讓自己長生不老。」

曹操聳聳肩，笑著提刀直奔董卓的臥室。

董卓人胖坐不住，面對著牆，躺在床上說：「孟德呀，你自己方便，有事就說，沒事可走。」

曹操見機會難得，抽出七星寶刀立刻就要刺向董卓。沒料到董卓的臥室內有面鏡子，他一眼從鏡中看見那把刀：「孟德，那刀……」

董卓力氣實在大，曹操怕打不過他，急忙跪下來：「稟丞相，最近有人送我一把七星刀，我特別拿來送您。」

「哦，真乖，刀放著吧，改天再賞你。」

曹操見到殺董卓的機會沒了，轉身就跑。

想也知道，沒有人會在母親睡午覺時送一把菜刀過去吧？

等董卓醒來，哪饒得了他？

曹操一出門，就騎上馬狂奔，我疾呼請他等等我，他也不理。

果然，才剛出洛陽城門，城裡就四處響起警鐘，無數個公差喊著：

「莫放走了曹操。」

「別放走了曹操。」

曹操拍拍胸口：「好險。」

我稱讚他：「你剛才的行為，像條好漢，讓我佩服。」

他哈哈一笑：「讓一隻鳥佩服？哼！」曹操馬鞭一拍，往家鄉陳留奔馳而去。

跑哇跑哇，我們來到了中牟縣，那是個小小的縣城。

管城門的士兵，看起來大字不識幾個。曹操壓低帽簷，跟著幾個農夫就想混進去了。

「你是曹操？」一個小隊長突然大叫。

曹操遲疑了：「可以說……不是嗎？」

「哈哈哈，你是曹操，在咱們中牟縣城要找到像你這麼矮的，還真沒幾個。」那個小隊長說：「所以，我只要碰上矮個子，個個都問上這麼一句。」

「沒錯沒錯，你是矮子曹操。」四周的衙役全都笑了，「抓到曹操，賞金一千。」

「原來、原來你們是這樣抓到我的？」曹操苦笑著，全身上下被綁成肉粽似的。

「誰叫你笨！」我飛在空中，幫不了他。

曹操大叫：「你快找人來救我呀，要是我被送去洛陽，死路一條。」

「你確定？」

「快！」曹操放聲大叫，不是因為衙役欺負他，而是監牢裡的跳蚤太多，這下全跳進他的衣服裡啦，「我快癢死了，小九，你不是有九命嗎？快借條命來用用！」

「你求我呀！」

「我不……」他癢得在地上翻滾，「好小九，大漢朝最好最善良的喜鵲小九，你一定要救我……」

不用他說，我腦袋裡又出現師父的聲音了：「九命喜鵲救曹操，九命喜鵲……」

「好啦，是你自己要求的，這是我第二次救你哦。」

我才說完，渾身上下一陣火熱，低頭一看，右爪金光燦爛，也成了銅爪子啦。

中年縣令陳宮大人在睡覺。

我得叫醒他，不但要把他叫醒，還要跟他說：「曹操是個好人，你能不能幫幫他？」

我的銅爪子在他臉上抓抓，陳宮大概把我當成蚊子了：「來人呀，快把蚊子趕走。」

他說著夢話，棉被一拉，又想睡了。

我只好學公雞大吼：「喔喔喔，起床，放曹操。」

「起床，放曹操。」

「起床，放……」我愈叫愈大聲。

「煩死了！」陳宮棉被一掀，「放就放，吵死了。」真的嗎？他這樣就要放走曹操？我半信半疑的跟著他，他像在夢遊似的，拿了鑰匙，開了牢門。

「快走吧，我還想睡覺。」陳宮說。曹操抓著跳蚤咬出來的腫包問：「兄臺，你放我走？」

「對啦！」

「好，孟德這就回家鄉，招募義士，生擒董卓，拯救皇上。」

「去去去……咦，你……」陳宮大概真的醒了，「你是曹操，你想逃？」

「還是你想陪我回故鄉？」

陳宮，咱們一起
跑路吧……

陳宮半夢半醒，曹操拉著他往外就跑。兩人找到馬，天亮前就奔出城門。出了城，陳宮終於完全清醒，大叫一聲：「完了！」

我和曹操以為他要反悔。

沒想到他沉著臉，嘟囔：「人家睡衣還沒換啦……」

哦，真是差點被他嚇死了。

曹操聽了，笑得好開心，說這真是個適合逃犯跑路的日子。

陳宮的臉超臭，我講笑話，他也不笑；他一下子擔心睡衣沒換，一會兒煩惱晚上到哪裡睡覺。

我是鳥，找棵樹就能睡，他是人，只要有草地就能躺了呀，真不懂他在擔心什麼。

「我們到底要去哪？」陳宮下床氣很重，一路一直問，一直問。

曹操被他問煩了，指著前頭樹林：

「家父結拜兄弟呂伯奢家就在林裡，呂叔叔和我家是世交……」曹操一說起話來，就絮絮叨叨，像個老太婆似的。

「我們兩家遠從高祖時代就有交情……」

陳宮終於笑了：「那快走呀，我想找張大床補眠。」

「呂叔叔哦，他待我恩重……」提起呂叔叔，曹操話好多，一路說進呂伯奢家的莊院裡。

呂家莊子大，一圈高大的樺樹環繞，兩隻石獅鎮守莊園，門口大紅燈籠，透著莫名喜氣。

呂伯奢出了名好客，更是一見曹操，抱著他久久說不出話：「好久……不見……啦。」

曹操也很高興，像是回到自己家，左邊拉著呂伯奢，右邊帶著陳宮，三個人進了大堂，又是泡茶，又是敘舊。

我沒人理，誰會理一隻喜鵲，我叼隻小蟲，逗著牠玩。

「賢侄，稍坐，我去後院看看。」呂伯奢去了很久，回來說道：「今日不巧，家裡酒缸見底，我去前村打幾斤酒，片刻就回。」

陳宮想推辭，曹操卻很高興，聽到有酒喝，哪會不高興呢？

聊呀聊呀，曹操幾乎把他一生小事交代完畢了，呂伯奢都不見人影。這是很奇怪的事，通常只有別人勸曹操別再說了，哪有曹操說到沒話好說的時候？

曹操疑心病重，他踱步走到後頭，突然聽到這麼幾句話：

「先把他綁好再殺。」

「要把刀磨好，別讓他逃了。」

又要綁又要殺，一陣磨刀聲正刷刷刷的傳來，難道呂伯奢想害曹操？我連忙叫道：「我去看看。」

我才剛飛上後院，曹操已耐不住性子，登時拔出寶劍，跳進後院逢人就殺。

「想抓我去領賞？誰敢抓我曹某人去領賞？」

他吼著、殺著，呂家莊院一時成了人間地獄，大人小孩，老人婦女，想逃沒有生路，想喊救命，劍已揮來。

一把刀架住曹操手上的劍，是陳宮喊停。

「別殺啦。」

「你不怕他們去告密？」

陳宮指著一院老小：「人全被你殺光了，你再來要殺小鴨小雞嗎？」對呀，小鴨小雞不會告密，曹操這才放了心。不過，他的疑心病很快又再冒起來，說：「說不定還有漏網之魚呢？」他們繼續四處搜索，我卻看到柴房地上綁著肥豬，磨刀石上放著殺豬尖刀。

「曹操，你闖禍了。」我大叫。

呂家人是要殺豬請客，豈是要殺他？

陳宮搖著頭：「如果呂伯奢回來，怎麼解釋呀？」

曹操一聽，二話不說，立刻出門：「跑吧，趁叔叔尚未返家，我們快逃。」

還沒走出樺樹林，一陣鈴聲叮噹響，呂伯奢騎著小毛驢，帶了兩罈美酒回來了。

「賢侄呀，怎麼出來了？家裡正要殺豬請客呀。」

曹操尷尬極了，還沒接話呢，呂伯奢把油燈提高，赫然發現：

「曹……曹操，你怎麼渾身上下，血跡斑斑？」

連我都不知道，這下子曹操要怎麼解釋？

他突然指著後頭：「叔叔，您看那是什麼？」

呂伯奢頭一轉，曹操寶劍一揮，又把呂伯奢殺了。

「太過分了。」這次，就算我是鳥，也看不下去了。

陳宮扯住曹操的衣服：「剛才因為誤會，殺了呂家八口人，現在，你明明知道那是誤會，怎麼連叔叔都殺了？」

曹操冷笑一聲：「你以為他回家後，發現了真相不會報官來抓你跟我嗎？我這可全是為你好。」

我和陳宮同時大喊：「可是……他是你叔叔啊？」

「哼！寧可我負天下人，也不讓天下人負我！」

曹操的馬，得兒得兒走遠了，留下我和陳宮在後頭。

陳宮在發抖。

那一夜，月色明亮，我們只能在林間找地方睡覺。曹操鼾聲大作，

陳宮睡不著，翻來覆去的。

我怕他隔天有下床氣，好意提醒：「陳宮，快睡了吧？」

「我當他是個好人，還棄官跟隨他；誰知他的心腸竟如此歹毒，乾脆一刀把他殺了，算是替世間除掉一個禍害了吧。」

我說：「不行，你不能殺他。」

「不能殺？」

「對，我奉師父的命令保護他。」

「他殺了那麼多人……」

「如果是你，你有更好的方法嗎？」我問。

「我……」陳宮想了想：「沒有，不殺呂伯奢，他一定報官，官府會派來大隊人馬，到時我們根本逃不了。」

「所以……」

「能在那麼短的時間內，想到這麼狠的方法，事後竟還能睡得這麼安穩；此人若真壯大，必是個梟雄。小九，不如我們殺了他，然後浪跡天涯吧。」

「師父在我身上施了法，我不能離開他。師父還說，天下大亂，讓曹操無法當治世能臣，但是這個亂世，或許正需要像他這樣的人。」陳宮把刀緩緩放下：「他這人心太狠，我不能跟隨他；但是他敢為民除董卓，衝著這點，我也不能殺他。罷了罷了，就當沒這朋友吧。」

他真的換掉睡衣，準備走了。

我叫他：「陳宮……」

「小九，你也好自為之，有機會就多勸勸他吧！」陳宮騎上馬，走進月光下的森林，留下一道極長的影子。

6 稟盟主，讓關小兵上吧！

隔日清晨，曹操醒來，他發現陳宮走遠了，忍不住又念念叨叨，嫌陳宮不夠義氣，說什麼要走也不打聲招呼，又說什麼怕他去報官。

「走吧，喜鵲，咱們回陳留，陳留的牛肉麵香，對了，還有燒餅，你一定……」

哼，這個愛囉嗦的奸雄。想起昨日發生的事，我煩悶得飛到半空不想聽，但他還是能自說自笑，就這麼一路說回陳留。

陳留是曹操的家鄉，想招募義兵需要不少銀兩，小氣的曹爸爸實在捨不得出錢。

「去找陳留的首富衛弘吧，他家財萬貫，一定能幫你。」

「可是父親，您明明比衛弘還有錢。」

曹嵩嘆了口氣：「傻孩子，爹這些錢還不是為你留的嗎？乖，快去找衛弘，別讓他把錢財拿去亂花掉了。」

對於父親的高瞻遠矚，曹操也只有聽命的分，他真的乖乖騎著馬找衛弘去。

衛弘很夠朋友，或者也可以說衛弘很怕曹嵩。

曹操開口要銀子，衛弘眉頭都不敢皺一下：「我正愁報國無門呢，曹兄要錢儘管拿去，不夠的，我連田產、房屋都可以拿去賣了。」

「原來募款這麼容易呀！」曹操好高興，他不知道，衛弘關上門，嘆了口氣，招集全家張開嘴巴，開始練習喝西北風。

聽說曹操要招義軍，家族裡的曹洪、曹仁，夏侯家的夏侯淵、夏侯惇，全都趕來加入曹操的義軍。他們個個都是刀馬熟嫻，十八般武藝精通的好漢。

曹操也向各地發出告示，請大家共同討伐董卓。

討厭董卓的人太多了，一共有十七鎮的諸侯領軍前來。

聽到十七鎮諸侯大軍前來，最害怕的人，一定是董卓，因為大家都要來打他。

最快樂的人，一定是洛陽城裡的許劭師父。師父還派小四來告訴我：「沒錯吧，曹操真是個亂世奸雄。」

十七鎮諸侯大會合，七十萬軍馬大集合，望不盡的士兵遍布在平原上，總要有人當盟主吧。

我聽見曹操提議：「請袁紹當吧，他長得又高又帥，出身好，袁家四代人出了三個丞相，請他當盟主如何？要是他不當呀……」

我聽得出曹操話裡，充滿了醋意，我早知道他嫉妒袁紹長得帥。其實大家都明白，袁紹雖然長得一表人才，卻只會出餿主意。

曹操的建議一講就快一個時辰，大家都聽得昏昏欲睡。雖然袁紹不見得是個好選擇，但是為了不讓曹操講下去，大家速速表決，十七比零，連袁紹都急忙投票給自己。

於是，討伐董卓正式宣戰，由袁大盟主親自領軍，帶著七十萬大軍出發。

董卓那邊，則由大將華雄率軍出陣。

前方探馬不斷回報戰情：

華雄打敗孫堅。

華雄斬了祖茂。

小將俞涉死在華雄的刀下。

老將潘鳳……

袁紹想不通：「怎麼回事呀？為什麼打不過一個小小的華雄？」

中軍大帳裡，人人都在問袁紹：「盟主，您看再來該怎麼辦呢？」

袁紹看看大家：「誰……誰自願出征呀？」

他問完話，中軍大帳裡頭安安靜靜，人人低頭看著地上，氣氛真是尷尬呀。幸好，這時帳外有一人高聲回答：「某，某願往。」

尷尬化解了，大家急忙往外看是哪個傻瓜。

只見帳外那人身長九尺，棗紅色的臉，濃眉大眼，哦，那把鬍子至少二尺長。

袁盟主很客氣：「不好意思，眼生莫怪，請問你是哪位諸侯手下的大將？」

「某，某姓關名羽，字雲長，乃公孫瓚手下一名……馬弓兵。」

盟主差點從椅子上掉下來：「哈哈哈，小小的阿兵哥也想出陣，滾出去。」

一旁的曹操急忙在袁紹耳邊說：「盟主，讓他去嘛，打勝了，說是我們派的；打敗了，我們就裝作不認識呀！」

轉身，面對關羽，曹操又換了個笑容，叫人溫了一杯酒來：「關小兵，這杯敬你，祝你旗開得勝，打仗嘛……不就是……」

眼看曹操又要囉嗦了，關羽連忙拱手不讓他往下講：「酒放下，某速速便回。」

八個字說完，人已經出到帳外。原來曹操囉嗦的功夫這麼強，連關羽都害怕。

只見關羽飛身上馬，拍馬衝入敵陣，一時鼓聲大作，喊聲四起。大帳裡的人正想找人去問問發生什麼事了，帳外就滾進來一顆球。仔細看，那不是球，正是華雄的頭。

太神了吧？

關羽緊跟在後，從馬上一躍而下，從發呆中的曹操手上，取過那杯酒。對了，那杯溫熱的酒上還冒著一縷白煙呢！

等到關羽一飲而盡，中軍大帳裡，這才響起一陣連番叫好的聲浪。

華雄一死，呂布出來了。呂布騎著一匹鮮紅戰馬，他的武功，號稱天下第一，雪白的戰甲，發出耀眼的光芒；方天畫戟朝著我們揮了過來。

帥呀！

連我都想替他拍手了。

呂布一登場，一戟就把穆順刺於馬下。

三個回合，斷了武安國的右手。

北平太守公孫瓚親自戰呂布，才一回合，公孫瓚就敗走。

袁盟主這邊的戰鼓，愈擂愈無力。

「還有誰……還有誰給我出去戰呂布？」

袁盟主喊著，沒人敢答話。七十萬大軍裡，突然有匹黑馬奔了出去，那是……

「呂布休走，燕人張翼德在此。」

原來是關羽的義弟——張飛。

張飛手持丈八蛇矛，拍馬向前，呂布也不答話，兩人你來我往，一連鬥了五十個回合不分勝負。

關雲長擔心義弟張飛有失，舞動八十二斤重的青龍偃月刀，跟上前去，夾攻呂布。

三匹馬在戰場上連環追殺，沙塵滾滾，打不倒呂布，呂布還有空說：「儘管來吧，我呂布可不是浪得虛名。」

「既然如此，容我幫幫兄弟吧！」

那是關羽的義兄劉備。劉備拔出雙股劍，也來助戰了。

三英大戰呂布，我覺得不是劉備武藝高，完全是桃園結義三英合體的威力太大了，戰沒幾回合，呂布招架不住，飛馬回陣。

一見呂布落敗，袁盟主這兒的軍隊士氣大振，一起掩殺過去，殺得呂布棄陣逃回關上，閉關不出。

董卓看到武功天下第一的呂布都被打敗了，決定把皇帝從洛陽帶到長安，那些有錢人家的金銀珠寶也下令全都搬走。搬不走的宮殿、屋宇，一不作二不休，放了一大把火燒了。

聽洛陽逃出來的麻雀說，洛陽城裡，剩沒幾棵樹，火焰沖天幾十丈高：「我能逃出來，算是麻雀大仙顯靈呀。」

那隻小麻雀有半邊翅膀都是焦黑的，可見當時的大火多可怕。

聯軍往洛陽城前進，沿路幾十里地，見不到半點人煙。

袁紹下令休息。

曹操勸他：「董卓跑了，我們趕快追呀，打落水狗的戰爭最簡單了……」

「一動不如一靜，泡個熱水澡不是更好嗎？」

袁紹不動如山。

「董卓大敗，還帶著皇帝一起跑，我們如果能趁勢追上，一戰就能定天下。別休息了，快追吧，我自願當先鋒……」

曹操平時就愛囉嗦，現在有機會，更要說，到處說……

可是這些諸侯養尊處優慣了，要他們這麼一路追追殺殺，邊聽曹操囉嗦，人人都懶。

「好，你們不去，我自己去。」

我倒是勸他：「董卓也不是笨蛋，他逃命時，難道不會有伏兵？」

但熱血沸騰的曹操，根本不理我的意見，他舉起寶刀一指：「曹仁、曹洪當先鋒，夏侯惇、夏侯淵左右軍，我……我們殺呀。」

他一馬當先，跑那麼快，我都快跟不上了。

曹操的馬跑得快，士兵跟不上，他也不理，一追就追到了滎陽。那是個山城，四周高山，一條小路，曹操前頭殺進去，後頭就被徐榮截斷了。

小路盡頭，紅馬、白盔、方天畫戟，等著他的，正是呂布。

曹操轉身想逃，亂箭紛飛，盾牌成了刺蝟，而地上躺的全是曹操的部下。

本來曹操追董卓，現在換徐榮來趕他。

「不聽我的話，看看你的下場多糟糕。」我飛在半空說。

戰馬奔馳如風，追兵又急，曹操哪聽得見我的聲音，等我追到他，他已經跑上一座荒山。那一夜，月光如霜，照得地上冷冷清清。曹操靠在一堵矮牆邊休息。戰馬累了，趴坐在地上。直喘著氣，每一口氣，都會噴出一陣白煙，裊裊升上天。

幾個士兵在煮飯，可惜火一直升不起來，遠方傳來一點兒聲音，人人連忙安靜下來。

安靜安靜，真安靜，突然，幾個士兵從林子裡跑出來：「徐榮、徐榮追來啦。」

他們話沒說完，黑暗中，只聽見一陣咻咻咻的聲音，無數的箭，猶如驟雨降落，穿透他們的身體。曹操手臂也中箭了。

他大叫：「走！快走。」

忍痛上了馬，跟隨他的士兵一個個慘叫著倒下，四周全是敵兵，該退到哪兒去？

曹操大喝一聲，那匹馬躍了起來，馱著他，飛過一片草叢。眼看就要躍過包圍圈，兩枝長槍卻像是算準了他會到，一把刺中曹操的坐騎。

「別放走了曹操。」

「曹操倒了，倒了。」

敵人怒吼湧了過來。

「天哪，難道我要亡在這裡？」曹操大叫。

7 曹操的米倉堆滿糧

我全身又如火燒般灼痛了起來。

「喜鵲救曹操，喜鵲救曹操。」師父的聲音，聽得好清楚。

我拍著翅膀，奮力飛到他頭頂：「曹操，曹操，你還好吧，要我再救你一命？」

曹操躲過一枝箭，大刀砍翻一個小兵：「行行行，你救了我，我給你當先鋒。」

他話才說完，我身體好像在冒煙。唉唷，好痛，好痛。等火光稍退，我的左腳，光燦燦的，現在，我有一雙如假包換的銅爪子啦。

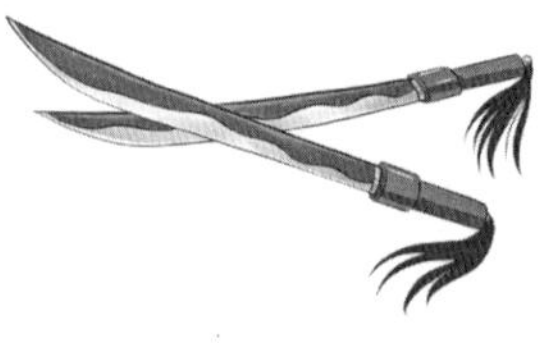

我冒險飛上空中，空中全是箭。我在箭雨裡閃來躲去，真躲不過時，銅爪子用力一撥，箭頭歪了，傷不了我。

我看見大鬍子曹洪在小山坡和敵人拚命。

「曹洪，曹洪，你家主公快沒命啦。」我沒什麼本領，在人家耳朵邊大叫的聲音倒是有的。

「誰……誰敢傷我家主人。」

「跟我來。」我想帶路，曹洪卻像頭憤怒的獅子，自己揮舞著長槍，往左殺出一條血路來。

天哪，真是個莽漢子。

「不是啦，你得向後轉。」

我大叫，他轉身。有了曹洪來幫忙，很快衝散包圍曹操的敵兵，他下了馬，將自己的坐騎讓給曹操。

曹操問：「我上了馬，你呢？」

「天下可以沒有曹洪，卻不能沒有主公您哪！」

我想，不管再過多少年，我一定還會想起這句話。

曹操恨不得馬上走，他很不客氣的騎上馬，曹洪持著大刀，緊跟在馬後保護他。

兩個人正張望要往哪邊逃時，前頭又有一支人馬衝殺過來，塵土飛揚，旗幟翻飛，曹操嚇得滿臉蒼白。忠心的曹洪立刻跑到馬前，預備再來一場大戰。

「喜鵲，救我呀。」曹操又在那邊喊了。

我居高臨下，局勢看得清：「這回不必我救你，夏侯惇來啦。」

徐
呂
曹洪，全交給你了！

「夏侯惇？」曹操又驚又喜，「你來了，真好，你是勇氣第一，要不是……」曹操太感動了，夏侯惇可不敢讓他繼續嘮叨下去，他和曹洪拚命殺出一條血路。

曹操悽悽惶惶逃出來了。可惜的是，依靠衛弘家產所招來的義軍，也剩下不到百人了。

這支吃了敗仗的軍隊，沮喪的回到洛陽，路邊桃花紅、李花白，但人人無心欣賞。

洛陽城裡，幾十萬的軍隊發呆；中軍大帳裡，袁紹盟主正與諸侯們喝酒談天。

曹操一進去，空氣有如結了冰，安安靜靜，人人張口結舌望著他。

曹操緩緩的把他們全看了一遍：「你們……我真是鄙夷你們呀。」

袁紹似乎想說什麼，卻張口吶吶的說不出來。曹操轉身，帶著軍隊，頭也不回的到揚州去了。

那真是曹操最帥的一次，雖然打敗仗，卻帥帥得讓我想叫好呢！

曹操人在揚州，遙遠的長安城裡也熱鬧滾滾的。

月旦評正式移轉到長安城重新開幕，最新這期的報導就叫做「天下第一」。

說是：

董卓是天下第一的胖子壞蛋。

呂布是天下第一的武功高手。

呂布拜董卓為義父，一起狼狽為奸，為害天下。大臣看得順眼的當成奴才用，看不順眼的，腦袋就砍下來當球踢。

幸好，亂世中，還有不少忠心的大臣，例如司徒王允。

王允頭腦固執，但是人很聰明。他有個養女名叫貂蟬，是天下第一大美女。利用貂蟬，王允施了個連環計。

這個計策簡單卻好用：首先，貂蟬要誘惑董卓，然後，貂蟬要吸引呂布。呂布和董卓這對義父子為了爭奪貂蟬，莫名其妙的打起來。

武功第一的很快就打敗了天下第一又胖又壞的。

最後，呂布贏了，不但殺了董卓，還娶了貂蟬，神仙美眷，不知羨煞多少人。

董卓的部下李傕和郭汜逃回西涼，他們寫信給王允，請求王允原諒，赦免他們的罪。

「與董卓狼狽為奸的人，我一個也不放過。」王允不但不肯，還要派人去修理他們。

「你不放過我們，我們只好跟你拼了。」

李傕和郭汜重整軍隊自保。這支軍隊打起仗來，好像中了樂透，怎麼打怎麼贏，一路殺回長安。這一回，武功天下第一的呂布吃敗仗。呂布有匹赤兔馬，日行千里夜行八百。呂布騎著赤兔馬，帶著美女貂蟬，立刻跑得不見人影。

跑得了呂布，跑不了皇帝。皇帝是溫室裡的花朵，根本跑不快，最後落在李傕和郭汜手中。李傕說東，皇帝不敢說西，郭汜要往西；皇帝哪敢向東。

這天下第一好用的寶貝——就是皇帝囉。

月旦評真精采，難怪大家都想買。曹操每個月都會買一期回來看，看完順便想想，如果是他，他會怎麼做？

聽說，山東又有黃巾賊作亂。

長安城裡，那個天下第一寶貝的皇帝，派人來宣曹操去鎮亂。

黃巾賊與其他強盜不同，他們除了自己打仗，後頭還跟著一家老小，只為了能吃上一天飽飯。

作賊的目的就為了圖一家溫飽，很卑微的目的，在亂世卻是很難達成的心願。處處兵荒馬亂，哪有機會下田種稻種麥？即使種了莊稼，隨便來個盜匪一搶，什麼也沒有了。

曹操的軍隊，個個武藝高強，隨便打打，就把這一群只為了吃飽的黃巾賊打敗了。

跪地求饒的黃巾賊，總數將近有二十萬，外加後頭眷屬，算起來有上百萬人。

上百萬的人，吃一頓飯，要吃多少飯呀，我是喜鵲，數不出來。

照曹操以前的作法，殺了最簡單，一了百了。

曹操這回卻想個新方法。他目前的軍隊不多，把這百萬人口留下來，不但有了二十萬大軍：

「剩下的八十萬人，讓他們種田去，軍糧問題也解決了呀。」

就這麼簡單，一年後，曹操就不必擔心軍糧問題；兩年後，曹操還得再加蓋麥倉，因為舊倉庫都滿出來了。

「倉庫滿盈，才是打仗的本錢。」曹操笑著說：「袁紹派士兵去採桑椹；袁術的部下可憐兮兮的挖河蚌，而我們……」

對對對，他想得遠，他有遠見，有了一支平時當農夫、戰時當軍人的隊伍。但是他的話實在講太長了，剩下的我不想轉述，反正就是他不斷的嘮叨著，他真是個有本事、眼光又遠的英雄，才能想得這麼遠……

8 一支白雪復仇大軍

曹操有了地盤，有了士兵，倉庫裡小麥還堆成山。

他也算是個孝順的孩子，不只想起了父親，還特地派人請父親過來共享富貴。

我們在山東這邊等呀等呀，等了好幾天，只等來一個消息：曹爸爸死了。

由於曹嵩太有錢了，因為要搬家，連夜把地底黃金挖出來。原來的家產全賣了，金銀珠寶、綾羅綢緞裝了一百多輛車；管車的、服侍的僕人，也有數百人，前呼後擁，浩浩蕩蕩的，比皇帝出巡還風光。

走啊走啊，沿途的人都知道，曹爸爸來了。

曹操兵強馬壯，沒人惹得起，各地的諸侯競相對曹爸爸打躬作揖，就怕一不小心，惹得曹爸爸不高興。要是曹爸爸不高興，曹操就會生氣，曹操一生氣，數十萬大軍打來，誰能抵擋啊？

走啊走啊，走到了徐州。徐州牧陶謙不敢怠慢，先請曹爸爸吃飯，再招待他住最好的旅館；臨走前，特別還派了手下兩員大將帶領數百名士兵沿路保護他，務必要求：「把曹爸爸安全送到山東。」

這麼簡單的任務，照理說應該很容易達成，沒想到事與願違。

要怪只能怪那場大豪雨。

那時，他們來到半山腰，風大雨大，只找到一座山神廟。廟小人多，曹爸爸當然和他的愛妾優先住進廟裡。

廟外，幾百個士兵餓著肚子淋著冷冷的冬雨；廟裡，曹爸爸邊吃烤肉邊抱怨，抱怨討厭的山路難走，抱怨外頭的士兵長相難看。

曹爸爸的管家很凶，衝著那群奉命保護他們的士兵說：「看什麼看，你們這些阿兵哥，就該站那裡淋雨，最好都給我淋成一根冰棒。」

那些當兵的，原本也是賊，打不過官軍，這才投降變成士兵，現在，百輛金銀珠寶的車子在招手，帶頭的不過是個肥老頭。

「搶了吧，我們回山上落草當大王。」

帶頭的人拿出長刀，其他的伙伴振臂高呼，拔刀殺進廟裡啦。

殺聲震天中，曹爸爸心慌意亂，帶著心愛的老婆想爬牆逃出去。可是小老婆太胖，爬不過那堵牆，他們只好躲進廁所，最後還是被賊人拉出來殺了。

這可怕的消息，伴著北風傳回山東。

「父親呀……」曹操生氣，用手捏破一個茶碗，「陶謙，我非殺了你不可。」

我勸他，曹操不聽，怪來怪去就怪陶謙沒保護好曹爸爸。

曹操難得俐落不囉嗦，一聲令下，三軍穿上白色喪服，一面面白色軍旗上，寫著「報仇雪恨」。

遠遠望過去，曹操大軍經過的地方，就像下了一場雪般。

最潔白的雪，即將染上鮮紅的血。

曹操的氣恨，全發洩在經過的城鎮。你不投降，他的軍隊立刻踹開大門，血洗全城；你投降，他的軍隊依然屠城。

讓人恐懼的曹軍，是燃燒熊熊怒火的復仇之師。

陶謙派人求和，曹操把使者的鼻子和耳朵都割掉，證明他的決心。可憐的陶謙，不斷的派人求饒，但曹操的軍隊前進的更快，很快就打到徐州城下。

「抓陶謙，祭我父親在天之靈。」曹操在馬上怒吼。

萬箭齊發，挖地道，爬竹梯，擲石器，發出讓人害怕的嘯嘯聲響。

我飛到城樓上觀戰，這種打法，應該沒兩天就能攻下徐州了吧？

可是曹操的作法，讓陶謙的士兵害怕，他們寧可戰死，也不要投降後被曹操割耳朵剁手指。

徐州城四門緊閉，軍民同心，曹操打了幾天就是攻不破。戰爭一時陷入僵局，你打不進來，我也衝不出去，直到曹操山東的基地，傳來一則令人措手不及的消息。

9 方天畫戟，呂布殺來啦！

曹操出門去報仇，一向英俊帥氣沒大腦的呂布，卻突然開竅，趁機帶兵偷襲曹操的山東根據地。

結果，曹操好不容易打下來的基礎，一下子就變成呂布的了。

聽到這個消息，曹操當機立斷收兵，恨恨的對著徐州城大喊：「陶謙，殺父之仇不報，誓不為人。」

這支雪白的復仇之師，調頭，重新用那片慘白，裝飾著中國大地。

大軍路過泰山險道，兩邊山勢極高，山徑極狹，一次只容一人經過。曹操的謀士勸他：

「小心哪，如果呂布在這裡設下伏兵？」

「哈哈哈，呂布如果有謀略，他也不會變成喪家之犬呀。」

曹操自認聰明，命令軍隊快速通過。果然，出了泰山險道，沒有一名敵兵的蹤影。

探子報來一條情報：

當年與曹操同去呂伯奢家的陳宮，目前擔任呂布的謀士。

其實陳宮的確曾經建議呂布，在山東險道埋伏一支軍隊，等著曹軍經過。

但是呂布不肯聽他的意見，他的意思是：「對付曹操，山人自有妙計，豈是你小小的陳宮能猜到的呢？」

於是，這位武功天下第一、智力最弱的呂布，堅持不用陳宮的計謀，曹操大軍才能平安度過險道。

曹操很得意，環顧左右笑說：「沒錯吧，我早就料到了，他那……」

眼看曹大將軍又要開始碎碎念了，探子急忙再報第二條消息：

陳宮再勸呂布，說是曹軍遠路回來，兵疲馬憊，應趁曹軍立足未穩時發動攻擊。

曹操停下笑聲：「呂布怎麼說？」

「啟稟將軍，呂布說憑他的武藝，三兩下就能把我們打敗了，他根本不屑做這種攻擊。」

「說得好，這麼自負的人，絕對會失敗。三軍聽令，我們不要讓呂布小看，知道了吧，免得屆時這個……」

三軍已經出發了，曹操兀自沉浸在他冗長的軍事演說上。

兩軍對陣，呂布手持方天畫戟出陣。呂布的確有臭屁的資格，他一出馬，不管是曹洪、曹仁、夏侯家兄弟都打不過他。

「呂布來了！」

「呂布來了！」

方天畫戟所到之處，曹軍就像割麥子一樣全倒。

不必曹操喊撤軍，曹軍自動向後跑。這一跑，足足跑了四十幾里地，直到曹操很生氣的喊停，大家才勉強停下來。

大家建議曹操，面對呂布，不宜正面攻擊，不如採取偷襲。

「所謂兵不厭詐，這兵書上也有記載，第一點……」曹操一共發表了三十六點意見後，大家才能回去準備。

當晚三更，月黑風高。

曹操的大軍輕輕鬆鬆殺到呂布的西寨，西寨只有老弱殘兵，打沒幾下，就奪寨成功。

「開心呀。」白天戰事失利，晚上獲勝，曹操講幾句話是應該的。

「這叫做攻其不備，作戰上……」

曹操一講起話，那就沒完沒了。曹洪剛打了個哈欠，被曹將軍瞪了一眼時，四下示警聲突然大作：「呂布、呂布殺來了！」

聽到呂布出現，曹操的演講自動結束，門口有人大叫：「曹操，曹操，你在哪裡？」

「我……我在這兒。」曹操大概養成習慣了，別人喊他名字，他一定得回答似的。

「曹操在那裡，眾家兒郎，給我捉過來。」喊話的人一身雪白盔甲，方天畫戟在火光中，閃耀著光芒。

「那是……那是呂布？」

光聽到呂布的聲音，曹操腿就先軟了，棄了西寨就往外逃。外頭黑漆漆、霧茫茫，分不清東西南北，曹操只知道揀火光少的地方跑。

東奔西走，走到了半山腰，這裡敵兵突然變多了。殺聲在四周，人人都說要活捉曹操。一陣亂箭射來，曹操身邊的士兵，又倒了一大片。他退後，再退後，手裡的盾牌已經成了刺蝟。

幾百根火把照著曹操，曹操的寶刀都砍出幾個缺口了。

「捉曹操，捉曹操，曹操別想逃。」

曹操身體抵著一棵大樹，再也沒人來救他了。我拚命拍著翅膀在他頭上飛：「曹操，曹操，小心，小心一點呀。」

曹操氣得大吼：「小九，快救我呀！」

我伸長腳趾掰了掰：「曹操，你確定要我救你？第四次了哦！」

曹操喘著氣，擋了兩刀：「去去去，快找人來吧！」

「我……」我又感到全身一陣火燙，身體好像被火燒得通透。

好痛，好痛。我拍著翅膀，穿過幾個敵兵，等到那陣光亮稍退，我振翅飛起來，平衡感不太好，原來我右邊的翅膀，也變成銅的了。

我想趕快找人來救曹操，但是銅翅膀飛起來很重，一枝箭朝我射來，危急中我閃不過去，銅翅一拍，箭歪了。哈！有了銅翅，雖然飛不快，卻不怕箭。

只是曹操運氣差，我找了半天找不到一個像樣的大將。

「誰能救曹操呀？」我在箭雨中找人。

「主公在哪裡？你帶我去。」

我低頭一看，是典韋。典韋是曹操身邊第一武士，身強體壯，雙戟一使開來，無人能敵。

「好好好，跟我來！」

戰場上空，難分東西南北，幸好，敵兵拿著火把圍著曹操，一下子就找到他了。

典韋提著雙戟，跟著我，拍馬趕到曹操身邊。

敵軍勢大，典韋飛身下馬，雙戟一插，挾了數十枝部下遞來的短槍：「主公先行。」

曹操走前頭，典韋跟在後頭，敵人的騎兵衝了過來，典韋大叫：

「賊兵剩十步時叫我。」

才一會兒功夫，部下就喊：「十步啦。」

典韋一身是膽：「剩五步時叫我。」

「將軍，剩五步啦。」

典韋轉身，一槍射出，對方就是一匹馬墜地。他隨手再射一槍，又有一匹馬倒地，典韋不歇手，短槍如連發炮，咻咻咻連斃十餘匹馬，追兵發一聲喊，不敢再追，這才救了曹操的性命。

天亮的時候，下著滂沱大雨，滿地都是曹兵的屍體。

呂布不愛聽陳宮的建議，所以常常打敗仗。

但曹操的手下，卻沒人敵得過呂布，兩軍打打停停，一直打到曹操糧草用盡，這才握手言和。

典韋，還好你夠胖……
誰敢殺我主公！

10 把天子當成人質囉！

月旦評來了，這期報導就一個字，名為「殺」。

內容說的是：

遙遠的長安城，動亂中。

李傕和郭汜互相看對方不順眼，李傕逼皇帝封自己當大司馬，郭汜就要討個大將軍的官做。那些文臣，他們愛殺就殺；那些武將，全被抓到牢裡，可憐的皇帝更遭軟禁，連飯也沒得吃。

李傕有個部下名叫楊奉，帶著皇帝跑出城，李傕和郭汜在後頭追。

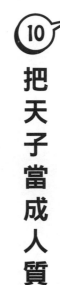

皇帝跑到黃河邊，岸高河深，尊貴的皇帝被一條繩子垂下河。坐了船，靠了岸，皇帝身邊只剩十來個人。岸邊只有幾棟茅屋，茅屋無門，插棍子當大門，那就是新皇宮了。大臣跟皇帝全蹲在茅屋裡開大會。

過了幾天，保護皇上的士兵個個都跟皇上討官位，這位是大司馬，那位當大司空，官員一次封了幾百個，連刻印章都來不及，隨便拿枝錐子在石頭、瓦片上刻刻畫畫，聊勝於無。

皇帝想吃飯了，農夫家只有粗糙的粟飯。皇帝捧著碗，嘗一口飯，天哪，平凡老百姓的飯，慣常吃好料理的皇帝哪吃得下？嘗一口，滴一滴眼淚，眼淚滴滴答答。

走啊走啊，皇帝終於逃回洛陽城了。那裡早被董卓燒個精光，街道上長滿雜草，宮殿也全都倒塌了。這年頭大饑荒，沒東西吃，只能出去剝樹皮、挖草根。如果官員位階在尚書以下，全都得出城去砍木柴。
可憐的殺伐天下，本月的月旦評，就是個「殺」。

曹操看完笑一笑：「可憐的皇帝。」

他的謀士荀彧笑一笑：「卻值得利用。」

「為什麼？」

對啊，皇帝有什麼好利用的呢？連我都好奇了。

「如今，天下大亂，誰也不服誰；有皇帝在身邊，名義上，就比大家高了一階了。」

「自己先當皇帝不行嗎？」

「各地諸侯虎視眈眈，誰敢先當皇帝，誰先被攻擊。」荀彧說。

曹操點點頭：「有道理，那咱們就去拯救可憐的皇帝吧！」曹操的二十大萬軍，輕輕鬆鬆打敗了李傕和郭汜，把他們全趕進山裡，只能做山大王。

小皇帝和小皇后看見曹操來了，手拉手，高興的說：「國家有救，國家有救啦。」

這是我第一回看見皇帝。以前聽住在皇宮裡的麻雀們說，皇帝是上天的兒子，替上天來管理眾人；他們很尊貴，人們看見他，都只能跪在地上，連頭也不敢抬的。

可是，現在這個站在曹操面前的皇帝，不知道是不是逃難逃多了，他的面容憔悴，繡著龍的長袍上也破了幾個洞；皇后沒擦胭脂，頭上也沒戴什麼珠寶，看起來，連服侍曹操的丫鬟日子都過得比她好。

大軍開進洛陽城。昔日的京城，已被董卓燒成廢墟，宮院傾圮，街道長滿雜草，荒涼到連隻麻雀都找不到。

「臣請聖上移駕許都。」曹操建議。

「這裡不好嗎？」小皇帝問。

「洛陽荒廢已久，糧食運補不易。許都地近河川，糧食用船即可載來，城牆宮殿又大又新，請聖上移駕吧！」

「這……」皇帝看看洛陽城，看看曹操，不知道是不是捨不得，反正就是想了很久很久，他才點了點頭。

二十萬大軍，重新啟動了。

來時萬馬奔騰，回去時，兩旁都有百姓跪在路邊歡送。

曹操的馬偶爾在皇帝前面，偶爾在後頭，悠哉悠哉的；當百姓們高呼萬歲萬歲萬萬歲時，他還會伸出手來揮一揮，像個皇帝似的。

真的皇帝呢？他一直坐在馬車裡，很少露臉。

許都城裡大興土木了。

皇帝暫時住在舊城裡，有個不大不小的宮殿，我偶爾也會飛到宮殿上，看看皇帝在做什麼。

皇帝現在有幾件新龍袍，龍袍沒有破洞了；吃飯時，桌上擺滿了菜；出去玩時，前呼後擁，有侍衛開道。

許都城裡，到處都在大興土木，說要蓋十幾棟新皇宮，十幾條筆直的御道（註一）穿越其間，外頭還有宮牆，宮牆外是一條美麗的護城河。

只是，皇帝的眉頭老是皺著，看起來，心情不太好。

到底誰才是天子？
凡事交給我就搞定了……

難道是曹操害的？

我看曹操很關心皇帝呀。他怕皇帝工作太多，所以就給自己升了官，現在做大將軍，跟著他的手下，也都一個個升官加薪。他們有什麼大事，都會先說給曹操聽，曹操聽完，處理好了，這才告訴皇帝。

難道是皇帝沒升官，才會心情糟？

可是，皇帝已經是最大的官了，他還想升到哪裡去呀？

曹操說皇帝來到許都後，現在樂得清閒啦，不必像以前那麼忙。

「為什麼？」我問。

他得意的笑，不回答，自己借了皇帝的命令，先派劉備去打呂布，說這是什麼二虎競食之計。

劉備沒上當，反而和呂布更好了。

過了幾天，他又派劉備去打袁術，說這叫什麼驅虎吞狼計。

諸侯們打來打去，曹操看得笑咪咪。

最新一期月旦評出刊時，袁紹還是第一名，曹操超過皇帝，變成天下第七：

挾天子以令諸侯，非常人所敢為也——月旦評。

註一：指皇帝車駕所走的道路。

⑪ 張繡又造反了

南方的張濟死了，他的侄子張繡當上宛城城主，用賈詡當謀士，興兵犯關中，也想來搶皇帝。

皇帝是天下第一寶貝，而且皇帝那麼乖，那麼聽話，曹操捨不得送人，決定親自帶領十五萬大軍迎敵。

宛城不遠，曹操大軍很快就到了。宛城的城牆很高，曹操準備了很多攻城器具，還用馬車拖來石頭、火箭。

仗還沒打，宛城的城門已經打開，城上懸掛著白布，迎風飄揚。

「投降了？」謀士荀彧不太相信。「哪有這麼容易？」

來降的使者騎著一匹瘦馬，說他叫做賈詡，是他勸張繡投降的。

「我勸張繡，只要不打仗就不必流血。」賈詡說話的聲音很輕，看得出來他是個聰明的人。

「張繡想一想，打仗動刀動槍還真的可怕，他說，好漢子能屈能伸，所以決定投降。」賈詡勸降張繡的努力奏效。

不費一兵一卒賺到一座宛城，曹操很高興，每天和張繡喝酒聊天，成了好朋友。

張繡有個嬸嬸，長得很漂亮，他們喝酒時，漂亮的嬸嬸就在旁邊斟酒，偶爾丟幾顆花生米餵我。

不知道為什麼，曹操竟然和張繡漂亮的嬸嬸談起戀愛了。

我勸他清醒一點，他卻把我抓進鳥籠裡關起來，還說要我猜燈謎，

打一個人的名字？

「一隻鳥在籠子裡？那是誰呀？」

我只是一隻喜鵲，哪猜得出來。

荀彧求見，勸曹操：「天下美女那麼多，何必愛上別人的嬸嬸？」曹操被愛情沖昏了頭，不聽荀彧的話，荀彧沒被關進鳥籠裡，只被一腳踹出中軍大帳。

「諒一個小小的張繡，敢說什麼？」

張繡果然什麼話也不敢說，也許他覺得嬸嬸能嫁給曹操，也是美事一樁吧？

他還主動申請，說是新降的軍隊太多，怕人造反，還要調軍隊來保護曹操的中軍大帳。

「沒問題，調吧！」曹操賞他一碗酒，張繡喝了酒，高高興興的回去了。

那天，張繡果然調了四營軍隊來保護中軍大帳。

曹操的貼身侍衛長典韋，打黃昏起，就被張繡請去喝酒了。

典韋的酒量好，張繡喝不贏他，但是張繡有十幾個大將軍，每個人都來向典韋敬上三碗公的酒。之後，典韋醉了。

典韋醉了，他最厲害的武器雙戟被張繡悄悄收好，也就是說，中軍大帳裡，只剩下曹操與漂亮的嬸嬸在喝酒談天。對了，還有我，我被關在鳥籠裡，曹操說等我猜出那道謎語，才能放我出來。

一時間，帳外人馬喧譁，那是張繡的親兵衛隊在巡邏。

「來來來，再一杯，再一杯。」曹操連笑聲都有醉意。

美麗的嬸嬸端起酒，臉都紅了呢。

二更天，外頭有人喊失火了，火光衝天，吶喊聲四起，我也嚇得從睡夢中醒來。

「草房起火了，草房起火了。」

「大將軍，您要不要去看看呀？」漂亮的嬸嬸問。

「一點小火，有什麼好緊張的，派人撲滅了就是。」

曹操還在說呢，示警鐘聲就突然急促響起，四面八方全傳來抓曹操的聲音。

「典韋呢？」曹操大叫。

中軍大帳外，沒人回應，幾十個士兵持著長槍衝了進來，是張繡的士兵。

漂亮的嬸嬸躲在曹操背後。曹操拿著劍，大喊：「這是怎麼回事？」

「抓曹操，把曹操抓起來。」張繡在外頭喊著，士兵們揮舞長槍，曹操只能勉力支撐。

曹操大叫：「我的喜鵲，快來救我呀。」

我沒好氣的吼著：「你把我關在籠子裡，我怎麼救你呀？」

曹操寶劍一揮，切斷三根長槍，鳥籠也斷成兩半。

「小九，快救我。」

我瞪著他：「第五次。」

身體好像有什麼要跑出來，我翅膀一張，左邊翅膀也變成銅的啦。

九減五，我只剩下四條命啦。

我想高飛，翅膀很重，幾桿長槍刺來，我勉強一拍，登時拍出一陣

風，長槍被拍歪了。旁邊曹操一人對付三個士兵，我急忙飛過去，抓住一桿刺向曹操的槍，翅膀拍拍，那桿槍竟然被我搶走了。

「小九，找人來！」

「知道啦。」我尋個空檔，鑽出中軍大帳。外頭，敵兵的包圍圈一層又一層，我衝不出去。幸好，中軍大帳外，躺著一個大漢，是典韋。

典韋是貼身侍衛長，他醉得沉了嗎？我叫了他好多聲都沒用。

「曹操，典韋醉了。」我大叫。

曹操氣急敗壞的喊：「拿水潑他呀。」

對對對，找水，哪裡有水？我突然看到典韋沒喝完的酒，翅膀一拍一掀，全倒在典韋的臉上。

「誰？誰找我喝酒？」典韋高興的喊著。

「你的主公有難，快去救他。」我大叫。

「主公有難？」典韋張著渾圓的大眼，從地上一躍而起。

「我的雙戟呢？」典韋找不到他的武器，幾十桿長槍朝他刺過來，他閃過，連拉帶搶，十幾根長槍就被他奪下。他邊走邊揮邊推，很快就趕到曹操面前。

典韋搶過一把大刀守在門口。門外的騎兵衝鋒，典韋拿起長槍，每一槍射出，必倒下一匹戰馬，一連射倒十幾匹馬。那些騎兵見不能敵，發一聲喊，全跑了。

騎兵跑了，來了步兵，步兵手裡的長槍，密密麻麻的像樹林一樣。

典韋把後帳劃開，要曹操先走，自己殿後，一步也沒退，幾十枝長槍刺入他的身體，他依然怒張著大眼，挺在寨門前。

呀～～
快落跑！

「死了嗎？」他們想接近。

典韋突然怒張雙眼，嚇得這些士兵全跌在地上，嘴裡大叫：「射、射箭呀。」

箭如驟雨，紛紛而至，全射進典韋的身體。但是典韋不退，猶然守著大門。無奈後寨也被敵人侵入，幾枝長槍從後頭刺穿他的背，他大叫一聲，再也不動了。

過了很久很久，還沒有人敢從他面前經過。

幸好有典韋死守寨門，曹操才得空從寨後上馬逃跑。他的侄子、長子曹昂都在這一仗裡過世，曹操自己的手臂也中了一箭。

「愛情，讓人失去理智，也讓我失去典韋。」

曹操還說：「我好想念典韋，他是個血性的漢子，當年呀……」

這次碎碎念，足足念了快兩個時辰，眾將們肚子早餓得嘰哩呱啦了，也沒人敢離開。

明明就是他自己的錯，明明就是他沒事去追人家的嬸嬸……

唉！

12 我犯法……所以我割頭髮

袁術很早以前就想當皇帝，趁著曹操剛被打敗，他決定升自己官，當上皇帝。

皇帝只能有一個，所以袁術一稱帝，曹操就有理由攻打他，不但自己打，還假藉皇帝命令，派劉備、呂布和孫策率軍助陣。

這場戰爭打得有點悶，因為袁術緊閉城門，不願開門應戰。

曹操的攻城器，遲遲攻不下袁術，而他的軍隊糧食愈來愈少。十幾萬大軍十幾萬張嘴，每張嘴打開來，每天就要吃掉好多糧食。討厭的是，袁術不知道施展什麼閉門不出的戰術，不出來是不出來。

「縮頭烏龜呀！」曹操氣得大叫。

袁術站在城樓上，嘻嘻傻笑。

這一年很乾旱，方圓幾百里，找不到糧食接濟，軍糧都要從遙遠的許都載過來。等到那些麥子運來了，煮出來的麵條都有股霉味了，士兵們是邊抱怨邊吃麵。

即使這樣，糧食還是不夠吃，每天吃到的食物愈來愈少，連我的伙食一天也只剩十二顆小麥。

「太過分了，你堂堂一國丞相，竟然連一隻喜鵲都餵不飽？」我忍不住向曹操抗議。

曹操瞅了我一眼：「你不高興，請飛出去看看，我的士兵晚上就有烤喜鵲吃。」

我不想當烤喜鵲，只好乖乖留在中軍大帳裡。管糧食的王皇正好來向曹操報告：「丞相，目前兵多糧少，怎麼辦？」

曹操看他一眼：「簡單嘛，你拿小勺子分糧，一人一小勺，暫時應應急吧。」

「本來就不夠吃了，再改成小勺子，如果士兵們抱怨呢？」

「放心，到時我自然有辦法。」曹操說得很有把握，難道他找到了糧食？

「哇，那太好了！」王皇高興的說。

曹操看他走了，竟然冷笑了兩聲，難得的不囉嗦。

外頭，王皇把大勺子換成小勺子。本來一人一天一勺糧，那是大勺打的糧；現在還是一人一勺，卻是大勺換小勺。

「什麼，怎麼是小勺？吃不飽怎麼打仗？」

「對呀，都怪丞相。吃不飽，不打仗。」

士兵群情激憤，幾個軍官跑進中軍大帳：「大家都說是丞相在欺騙大家，要兵變……」

聽到兵變，曹操把王垕找來：「王垕，大家都在抱怨吃不飽呢。」

「是呀，我當時也跟您……」

曹操揮揮手，不讓他說完：「王垕呀，我想跟你借個東西用用，拿來讓大家冷靜冷靜，你千萬不要吝惜。」

王垕聽得滿頭霧水：「丞相要借什麼東西呢？」

「借你的頭。」曹操一說完，我嚇得差點兒掉下來。借頭？頭能借人嗎？怎麼借？

王皇立刻跪在地上：「丞相，我沒犯什麼罪呀！」

曹操冷冷的看了他一眼：「我也知道你沒罪，但是不殺你，軍中必定生變。你放心，你死了之後，你的妻子、兒女我都會照顧。」

王皇想再說話，曹操身後的刀斧手已經把他推出門外。

那一聲長長的慘叫，讓我連做三天惡夢。

會不會有一天，曹操也要找我借頭來壓住兵變呢？

我不知道，問他，他也不說。但是，王皇被殺了之後，大家都說，原來軍中缺糧，其實都是王皇的錯；曹軍根本不缺糧，都是王皇用小勺裝糧，偷賣官糧，已經被丞相按軍令處斬了。

「哦，原來是這傢伙。」

「真是過分，害我前幾天老是餓肚子。」

士兵們的怨氣有了消洩的對象，不埋怨曹操了，可憐了王垕的一條性命。

可是缺糧問題，砍了一個王垕也解決不了呀。

我倒想看曹操怎麼辦？

曹操親自下命令，限軍隊三日之內攻下城。為了鼓舞士氣，他自己也站在第一線，身先士卒，三天後，曹軍大旗就在城上飄揚了。

借別人的頭來用，這一招真是太可怕了。

但是，還有別的方法嗎？我是鳥，我想不出來。

那個月的月旦評，曹操的名次一次往上跳兩級，第五名啦。

回到許都，張繡又起兵了，曹操只能再帶著軍隊出門。

秋天了，路邊的麥子都熟了，風中透著麥香，暖洋洋的。

奇怪的是，竟然沒有人收割麥穗。

曹操派人去打聽，說是百姓聽說軍隊來了，全跑去躲起來。

好不容易，才拉來全身顫抖的村長。村長一輩子沒見過丞相這種大官，跪在地上，連頭也不敢抬起來。

曹操很親切的安慰他：「別怕別怕，我奉天子命令出征，為民除害。我們的軍隊，不論大將小兵，只要有人敢踐踏麥田的話，一律斬首懲處。」

村長發現曹操說到做到，士兵們經過麥田，無不戰戰兢兢；步行的兵士遠離麥田，騎兵也下來牽著馬走，二十幾萬大軍，果然都很小心。

消息傳出去了，一時間，四鄉八野，湧出百姓來，他們奔向麥田，收割的收割，歡呼的歡呼，曹操騎在馬上揮手。沒想到，突然一條狗跑出來，嚇壞他座下的馬，那匹馬就在麥田裡橫衝直撞，踩壞好多麥子。

麥田四周，突然安靜了下來。

「這……這……」

曹操自己三令五申說不能踩，絕對不能踩，踩到了要砍腦袋，而現在……眾人面面相覷，不知如何是好。

要不要砍腦袋？我歪著頭想，要是曹操叫我救他，我該怎麼辦？難道我要把頭借給他砍？

我正在亂猜，曹操叫了簿記官過去：「來吧，記上我的罪。」

「可是……您是丞相。」

「丞相犯法，與庶民同罪，若我自己犯法不處罰的話，還有人會聽從法律嗎？」

他說完，竟然拔出佩劍就要自刎，那樣子不像在開玩笑。

他的謀士郭嘉急忙喊了聲停。

「自古以來，法不加尊，丞相您統領大軍，豈可自裁？」

「這……」

我猜，曹操一定很珍惜自己的腦袋，才會停下了手；他心裡一定也很感謝郭嘉出來喊停吧？

曹操看看四周，那些謀士、武將和士兵，嘩啦啦跪了一大片：「丞相，法不加尊，您萬萬不可自裁呀。」

「依你們的意見，我不能自裁？」

「萬萬不可。」喊聲驚天動地。

都怪那匹該死的馬……

曹操想了想，用劍割下一束頭髮來：「既然古書上都這麼說了，我就割頭髮取代腦袋吧！」

丞相犯錯要割頭髮，一般的士兵呢？

那束頭髮傳遍三軍後，大軍走過的地方，連一粒麥子也沒人敢踩。

13 籠中鳥來了又飛了

北方袁紹集結了大軍，但在許都城裡，曹操心裡只念著一個人。他那碎碎念的老毛病又犯了，誰碰上他誰倒楣。

遇到許褚，說：「你知道吧，我的籠中鳥來啦，他呀……」

拉到荀彧，又說：「籠中鳥，人中之龍，有了他，咱們的軍隊……」

煩得大家都相互告誡，不想被煩死最好離丞相遠一點。結果，沒人聽他講話，他只好找我說。我強忍睡意，點著頭（偷偷在打瞌睡）。

「九命鵲呀，我有了你，幾次逃過殺身之禍，現在，我有了籠中鳥，肯定打遍天下無敵手，你們兩個不如結拜當兄弟……」

聽到這裡，我嚇醒了：「什麼？我跟他結拜？不不不，他是他，我是我……」

我還在抗議，一聽到籠中鳥來了，曹操立刻丟下我。

籠中鳥高大威武，他當然不是一隻鳥，只是他的名字太像一則「射虎」了。

曹操說「射虎」就是燈謎。「籠中鳥，打許都城內一位名將。」今年上元燈節，許都城裡出這麼一道謎，當然是曹操自己出的題。

沒等我們回答，他就笑著說：「答案是關羽呀，你們不懂吧，就是把一隻飛鳥關在籠子裡嘛，哈哈哈！」

他一個人在台上笑，底下武將們都在生氣。氣什麼，氣曹丞相什麼東西不好送，偏偏把赤兔馬送關羽。

赤兔馬是絕世神駒，原本是呂布坐騎，呂布兵敗時，許晃、許褚和夏侯家兄弟都打這匹馬的主意。沒想到，曹操竟然把牠送給關羽。

籠中鳥進了門，哦，高大的關羽，棗紅色的臉，兩尺長的鬍鬚飄飄似神仙。

「丞相，謝謝您的赤兔馬，關某不敢或忘。」

曹操執起他的手：「雲長啊，我送你黃金，給你美女，你都沒謝過我，區區一匹馬……」

「丞相，關某視黃金與美女如糞土，然而，此馬日行千里，夜行八百，關某若知道兄長的下落，牠能立刻帶我飛奔而去呀！」

「這……」曹操有點尷尬，低頭看見關羽穿的長袍。「啊，我不是送你新袍子了嗎，怎麼？不合身嗎？」

「合身，謝丞相。」

曹操疑惑：「那你怎麼不穿呢？咦，你穿在裡面呀！既然有了新袍子，不如把舊袍子丟了吧！」

「舊袍乃兄長所贈，不敢丟呀！」

關羽的兄長就是劉備。他們在下邳失散，張飛和劉備不知流落何方，關羽為了保護劉備的兩位夫人，這才答應暫時投降；可是有條但書，一旦有了劉備消息，他會立刻離去。

大家都勸曹操，一刀殺了關羽，乾淨又俐落。

曹操愛惜人才，他將關羽請回許都。

先送他整車金銀珠寶。

又給他十位許都最美的姑娘。

而今天又把赤兔馬賞給了他。

曹操對他這麼好，關羽呢，依然不忘舊主，仍穿著兄長送的舊袍。

「太氣人了。」眾家武將望著關羽離去的身影大吼。

許褚甚至想追出去：「丞相，讓俺一斧砍了他吧！」

曹操搖手：「不，雲長是個忠義之士，我只能等他心悅誠服投靠我，豈能用一般世俗眼光對待。」

「如果他真的找到劉備？」

曹操哈哈一笑：「他既能對兄長有義，我自然也能用義氣待他。」

能說出這麼像「英雄」的話來，我真想給曹操拍拍手。

關羽住在黃松巷。白天，他在院子裡練武，晚上在燭火下讀著《春秋》。我猜他的功課肯定不好，不然，怎麼一本書讀那麼久，老是讀不完似的？

官渡那邊，戰鼓頻催，袁紹大軍來啦。

袁紹有一百萬大軍，曹軍只有二十萬。

月旦評上，袁紹目前排名第一，曹操還在五、六名外掙扎。

袁紹長得一表人才，曹操五短身材；袁紹濃眉大眼，曹操笑起來找不到眼睛。

袁紹的猛將如雲，謀士如雨。聽到袁紹軍隊殺來，許都人心惶惶，不少官員，偷偷寫信給袁紹示好。

兩軍在官渡外對壘，袁軍大將顏良出馬，連敗魏續與宋憲。

魏續與宋憲，曾是呂布手下悍將，刀法好，騎術精；沒想到與顏良一交手，魏續被他一刀斬，宋憲只一回合就敗下陣來。

曹軍急派許褚與徐晃出陣，兩人合力也擋不住顏良。顏良率軍殺得曹軍連退二十里，提到顏良，曹操的士兵個個膽顫心驚。

幸好，關羽在曹操軍隊裡。

他提著青龍偃月刀，飛身上了赤兔馬。聽說關羽要大戰顏良，曹軍士兵個個睜大眼睛；當年溫酒斬華雄的英雄，倒拖青龍刀，勒馬飛奔，捲起一路塵埃，這氣勢太驚人，嚇得袁軍像波浪分出一條小路。

赤兔馬疾奔至顏良面前，顏良還沒問話，馬如閃電，刀若遊龍，一刀揮去，顏良措手不及，被關羽刺於馬下。

好久好久，袁軍才看清他們的主帥，已經連人帶馬一分為二啦。

好久好久好久，曹軍的喝采聲才響起。不是大家不想拍手，是來不及拍手，勝負已分。

顏良的好友是文醜，文醜來報仇了。

他指明要找關羽，曹操不讓他出陣，想讓他休息一陣。

關羽說：「無妨，既然都指名找關某了，不去對不起人家。」

還是那一招，一招斬文醜於馬下，曹軍士氣大振，袁軍只好退回官渡外。

兩軍相持，從夏日打到了冬初，似乎要打到天長地久似的。這時，關羽終於聽到了劉備的消息：劉備在袁紹陣中。

關羽要走了。

許都城裡，曹操家的大門，大清早被擂得咚咚響：

「丞相，關羽來告辭啦。」

「丞相，關羽要走啦。」

門裡，曹操比個「噓」，要管家出去交代：「說我去打獵啦。」

隔天，五更剛過，恐怖的擂門聲又響啦。

「丞相在家否？關羽來告辭啦。」

曹操對管家揮著手說：「去去去，跟他說我出遊了，沒回來。」

一連六天，天天如此。

我勸他：「丞相，躲得了一時，躲不了一世呀。」

曹操笑我：「小小喜鵲懂什麼，我以恩情待關羽，他沒見到我，豈會離去？」

他話才說完，管家又回來了。

「走了沒？」

「回報丞相，走了。」

曹操瞄我一眼：「沒錯吧！我就讓他這樣天天等下去。」

管家說：「稟丞相，關羽真的走了，他帶著劉備的兩位夫人跑了。」

跟在管家後頭的是曹操送給關羽的美女，美女說：「丞相，關將軍把您送他的黃金封在倉庫，官印掛在梁上，我們全被他趕回來啦。」

曹操氣得頭疼了：「他沒有我給的出城命令，能跑哪兒去？」

話剛說完，守城官回報：「關羽護送一輛馬車出城，說是丞相派他出城辦事。」

部下們想追關羽，但曹操制止他們：「他能不忘兄長，輕金銀而重義氣，是個真正的大丈夫，你們都應該向他學習。」

程昱提議：「如果關羽投向袁軍，袁紹豈不是如虎添翼，不如派人殺了他。」

「不，我和他有約在先，豈能背信？不必追了。」

曹操說得很堅決，不顧大家的反對。

「曹操，你愈來愈像個奸雄了哦。」我稱讚他。

「我是英雄。」他在底下說。

「可是你手段太狠，奸雄的名頭比較適合你。」

「誰說的？你記得嗎？我第一次當官就棒打……」好漢不提當年勇，偏偏曹操記性好，又從十五歲的事開始聊起……

「你慢慢說，我去屋頂看風景。」

他沒理我，兀自在背著他十七歲那年的「英雄」事蹟呢。

14 排名第一爭奪戰

那一天下午，消息傳回來了，東嶺關的孔秀不讓關羽過關，被關羽斬於刀下。

隔天，洛陽太守韓福和牙將孟坦以暗箭射中關羽，關羽左臂帶傷，卻連敗韓福和孟坦。

曹操聽到消息，急忙派人去喊停：「快告訴沿路關卡，放行，讓關羽走。」

傳令兵才剛離開大門，又有消息回來，說是汜水關卞喜埋下三百刀斧手，想要在鎮國寺偷襲關羽，卻被關羽所殺。

曹操頭疼難耐，揮手大叫：「天哪，快快快，快叫大家放他過關。」

傳令兵的速度太慢了，報回來的消息，一則比一則壞：

先是滎陽太守王植施火計，被關羽識破，攔腰一刀，砍為兩段。

在滑州地界，關羽只戰一回合，就把夏侯惇的部將秦琪給斬了。

曹操聽到這裡，大叫：

「不好啦，那裡有夏侯惇把關，兩人都是勇將，傷了誰我都不樂意見到。張遼，你帶我的手令速去，務必讓關羽平安離境。」

關羽對劉備講義氣，千里迢迢，過五關斬六將，就是要把兩位嫂嫂送回去給劉備。

其實我覺得曹操也很講義氣，答應關羽的事，沒有反悔，反而一路給他方便；要不然，曹操手下謀士如雲，武將如雨，哪能讓他跑得掉？

這邊關羽才剛走，那邊袁紹就打來了。

這是一場激烈的大戰，曹軍以少擊眾，大多數的人都認為他必敗，連月旦評都很不留情的評論：「曹軍堪慮，操危矣！」

戰場在官渡，袁紹大軍用泥土堆出幾百座小山，山頂埋伏弓箭手，直射曹軍。

曹軍急忙用巨木做出投石器，投擲巨石到山丘，咻，砰，咻，砰，打得袁軍抬不起頭來。

袁軍空中作戰失利，他們改變戰法，像土撥鼠一樣挖地道。

曹操派人挖出深深的壕溝，引進江水，讓江水淹進地道裡。

兩軍對陣，從夏天打到冬天。曹軍糧食運補，愈來愈困難，曹操覺得好煩，想回家了。

駐守許都的荀彧回信很簡單：「大人煩，袁紹肯定會比大人煩五倍以上。」

曹操讀信大笑：「我煩軍隊無糧，袁軍人數是我的五倍，沒錯，袁紹一定更慘。」

帳外白雪鋪滿大地，士兵餓著肚子，卻聽到曹操那陣快活的笑聲，一聲又一聲。人人面面相覷，真不懂曹丞相在快樂個什麼勁？

或許他的笑聲感動上天，袁紹的謀士許攸來訪。

曹操一聽許攸來了，連鞋都忘了穿，赤著腳就跑出去：「你一來，我軍就無憂啦。」

許攸知道袁紹軍裡的情形，由他所提供珍貴的情報得知，原來袁紹的軍糧都藏在烏巢。

曹軍缺糧，袁紹也一樣，誰的糧食被劫，都是一場大災難；更何況許攸說，守烏巢的是老將淳于瓊。

曹操記得他：「當年，我們一起守洛陽，嗯，是個愛喝酒的老將。」

許攸高傲的笑一笑：「那您還等什麼呢？」

「對對對。」曹操高興的手舞足蹈。「來人呀，備馬，打烏巢。」

那天天氣很冷，大家急著換裝，假扮袁軍，一路向烏巢前進。

曹操騎著快馬跑前頭，一把火，把袁紹的糧倉燒個精光。

那是好多的小麥，好多的草料；火光後，曹軍大勝，袁紹大敗。

那個月的月旦評，袁紹落到第五名，曹操和他換了名次，真的升到第一名啦。

我吃不到的，
你們也別想吃！
袁
袁

15 蔣先生，都是你的錯

天氣真好，一艘彩船停在曹軍水寨外，吹吹打打，鼓樂齊鳴，好不熱鬧。

曹操又在碎碎念，說什麼天下他只擔心兩個人，一個是劉備，那個耳垂過肩的大耳郎；另一個是江東的孫權。

眾家將領全躲在自己的船上。許褚一早就暈船，他習慣騎馬，坐不得船，一下子就滿臉蒼白；徐晃也一樣，別看他平時壯得像頭黑熊，上船後全軟了，整天吐。

這不能怪他們，北方人騎馬，不習慣搭船，士兵們都生病了。

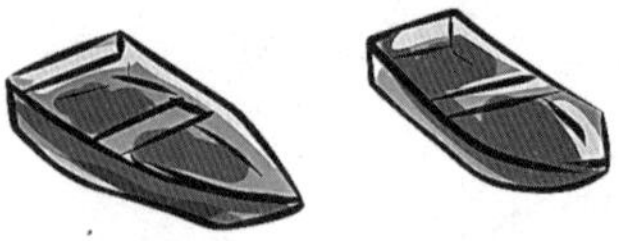

可是，曹操一路非得向南打。打敗袁紹後，大軍來到荊州，劉琮自動退位，憑空得了荊州的二十萬水軍，加上原本的軍隊，曹操現在有了百萬大軍。他預備以摧枯拉朽的氣勢，先滅劉備，再除孫權。

「小九呀，到時一統江山，怎麼樣？」

許劭師父的預言好像快成真了，那我呢？我什麼時候可以回去過自由的日子？

「或許，我封你當個大將軍，就叫——小九將軍怎麼樣？」

「不怎樣，我寧願去山林裡唱歌來得快活，不必老陪你東奔西跑。」

讓曹操擔心的兩個人，劉備和孫權結盟了。

孫權派周瑜當水軍大都督，在長江南岸，築起一道防線。

「小小的周郎，竟敢擋我大軍，真是不識好歹！」曹操望著寬闊的江面生悶氣，誰叫他和周瑜打了幾次仗，幾次都失利。聽說周瑜長得帥，武藝高，頭腦好，加上有劉備的軍師孔明輔佐，唉呀呀，難怪曹操忍不住對著江面大叫：「我要把你們全都滅了。」

他叫得太大聲了，江面上的彩船晃了晃，兩個樂手掉進江裡，江面一陣喧譁，大家搶著救人，搶著划船。

「哈哈哈！」曹操真是沒有同情心，還笑人家。

幾個小兵跑上來：「丞相，那是周瑜的船，他來觀察我們的布置。」

「周瑜？快把他抓起來呀。」

曹操部下也有人懂水軍陣法，那是荊州新降將——蔡瑁和張允。

他們立刻調動大船追擊，只是才出了寨門，周瑜的船已經順流而下十幾里，根本追不上。
曹操問：「誰能替我出這口氣？」
在眾將拚命搖頭時，一隻手孤伶伶的舉了起來，是蔣幹。
「稟丞相，周瑜和我是小學同窗，我能勸他投降。」
蔣幹說得很有把握，曹操立刻放心了：「你需要什麼呢？十船黃金？百位美女？」
「不不不，憑我三寸不爛之舌，蔣幹自己去就行了。」
蔣幹說走就走，駕著一艘小船，飄然過江。
那天晚上，月光特別明亮，照得江面一片雪白。
隔天早上，蔣幹回來啦。他說周瑜勸不動：「固執得像木頭，但是，我得到一件天大地大的祕密回來獻給丞相。」

蔣幹手中有封信。曹操平時脾氣就不好，看了信，眉毛跳呀跳呀，哦，還加上頭痛。他揉著頭，派人把蔡瑁和張允叫進來。

「水軍練好了吧？明天能不能去打周瑜？」

「明天？」他們兩個人頭搖得像波浪鼓，急忙報告：「不行呀，想要北方士兵習慣行船作戰，至少也要一年半載……」

曹操揚著信：「哼，每回叫你們作戰，你們老是推三阻四，原來你們早就串通了周瑜。」

「串通周瑜？我們哪敢呀？」

曹操不相信，他說蔣幹帶回來的信就是證據。

「鐵證如山，來人呀，推出去斬了。」

外頭傳來蔡張兩人的慘叫，蔣幹在旁邊比個大大的讚：「丞相英明，丞相您真是神機……」

「我神機妙算？」曹操看看他，又看看帳外，突然用力拍著太陽穴：「天哪！我怎麼會……怎麼會中計呀？」

他氣得頭痛欲裂，揮手要蔣幹出去。

蔣幹不走：「丞相，那我是不是立下大功？」

曹操瞪了他一眼，沒好氣的說：「大功？哼，果然是大大的功。」

蔣幹被周瑜利用，拿了一封詐降信，結果害死蔡張兩位將軍的消息，曹軍人人都知道，卻沒人敢說破。畢竟，曹丞相一輩子聰明，怎麼可能會在智力上輸給周瑜呢！

既然沒人敢說破，蔣幹就以為自己真的做了一件大事，沒事就在大家面前誇口：「要不是有我，怎麼能抓到那兩個叛徒呢！」

隔沒兩天，江東的黃蓋說要來投降。

聽說這個人和周瑜不和，還被周瑜用木杖打得遍體鱗傷。

「這是假投降吧？」曹操不太相信，想派人去江東打探消息。

「丞相，我去。」蔣幹的手舉得高高的：「臣自幼就在江東長大，江東我最熟，我替你去看看。」

他一舉手，大家都在笑，曹操大概也煩了：「去去去，你去江東，別在我眼前晃。」

蔣幹聽不出曹操話中有話，還以為丞相真的信任他，大搖大擺的上了船，過了江，隔了兩天回來，船上多載了個人——龐統。

龐統長得高高的，瘦瘦的，跟隻沒毛的公雞差不多。

不過他的來頭很大，外號鳳雛先生，聽說有神鬼莫測的才能，跟臥龍先生諸葛亮一樣厲害。

龐統到了軍營，捏著鼻子說：「臭！」

曹操問：「哪裡臭了？」

龐統指著底下黑鴉鴉的人說：「大家都臭。」

他說的對，曹操的文臣臉色蒼白，武將暈得四肢發軟，因為大家全身上下都沾滿了嘔吐物。

「我們也不想暈船呀。」

曹操不恥下問：「先生可有良方？」

龐統笑一笑：「簡單，只要用鐵索把戰船串在一起，中間鋪上木板，別說晃了，連馬都能在船上行走。」

「對呀，鐵索連船，江東指日可下。」曹操高興極了，興沖沖送走龐統。

謀士徐昱可擔心了：「丞相，幾千艘船綁在一起，要是敵人火攻……」

「徐昱呀，擔任將領，要懂天文地理。要用火攻，必須看風向，目前正是隆冬季節，冬天只有西北風，沒有東南風。周瑜如果用火攻，大火回燒過去，燒得江東水軍一片烏鴉黑，這叫氣候學，你懂不懂……」

曹操開始上起落落長的天文學，我是不懂，但是這回倒覺得他很厲害，連氣候學也知道。

造了連環船，南征即將要成功。曹操心裡非常高興，召集文武官員在船上喝酒，自己還提著長矛，他看見我和一隻烏鴉在旗桿附近飛，開心的吟起詩來：

月明星稀，烏鵲南飛，

繞樹三匝，無枝可依……

第二天，曹操親自看水軍演練。程昱、荀攸還是勸他：「鐵索連船固然有好處，若是東吳用火攻，就無法躲避了。」

曹操大笑：「現在是冬天，只有西北風，東吳若要用火攻，被西北風一吹，豈不是燒自己？好了，快去準備吧，等黃蓋來了，我們就要一舉消滅孫權。」

他的笑聲，消除不了眾多將領的擔心，但是丞相都這麼說了，人人只好低著頭回去。

「你不怕……」我偷偷問曹操。

曹操哼了一聲：「怕什麼？我曹操，天不怕地不怕，我想做的事呀……」

算了，我飛上中軍大帳頂欣賞風景，行了吧？

強烈的西北風，吹得四野一片黃茫茫。

但是過了中午，風停了下來。

晚上，月亮躲在雲後，幾面曹字旗全轉向西北方向，吹東南風了。

程昱很擔心，叫大家要加強戒備。

才剛下完命令，巡守的士兵興沖沖跑來：「稟丞相，黃蓋奪了孫權的糧食來降了。」

曹操一聽，好高興，說：「黃蓋到了，那太好了。」

程昱急忙跟著跑出去：「如果他真是載糧來，那麼船隻應該吃水很深。」他仔細看了看，「但是那船……」

黃蓋的船果然吃水很淺，看起來很輕，曹操下令他停船。

「丞相，我是黃蓋，來投降的呀。」船上的人喊著。

程昱急忙喊停：「來船聽著，今日東南風起，船先停水寨外，稍等……」

他話還在說，那二十幾艘船卻在同時間冒出一陣大火，趁著風勢，助長了火威；二十幾艘火船就這麼撞進曹操水寨，頓時大火沖天。鐵索相連的船，全都燒了起來，火勢太大，連江水都快沸騰了起來。

「被黃蓋騙了……」曹操的鬍子都著火了。

我不～甘～心

幾十個親兵保護他，撤到陸地，陸地上也是一片通紅，原來周瑜在這裡也安排了伏兵。

森林後方，也有大片火光，天幾乎都燒紅了。

「那是烏林糧倉的方向。」程昱判斷。

「快走吧！」曹操帶著人一路往烏林狂奔，四面八方聽到的都是無止盡的「殺呀」。

進了密林，殺聲遠了，這裡山勢險要，樹林茂密，曹操忽然仰天大笑起來。

我問他笑什麼。

他說：「我不笑別人，只笑周瑜、諸葛亮畢竟不懂計謀。若先在這裡埋伏一支軍隊，那就厲害了。」

果然很厲害，他話才說完，趙雲就率軍殺出，嚇得曹操幾乎從馬上跌了下來。

幸好徐晃、張郃趕來了，他們擋住趙雲，曹操才有時間逃走。

走啊走啊，走得又渴又餓，好不容易逃到葫蘆口，大家餓得肚子發慌，馬也走不動了。曹操命人埋鍋燒飯，自己東看西看，突然又笑了：「這周瑜、諸葛亮到底年輕，要是他們在這兒也埋伏一隊人馬，那我們哪逃……」

像在印證他的話，張飛果然從葫蘆口殺了出來。

曹軍大叫：「張飛？一聲喝斷長坂橋的張飛？」

沒人敢跟張飛一對一，先是許褚飛馬出戰張飛，張遼、徐晃也上前夾攻，曹操才能乘機逃到十字路口。

探路的士兵回報：「前方有兩條路，大路平坦，沒有動靜；小路叫做華容道，崎嶇難走，還有幾個地方冒出白煙，可能有埋伏。」

「那麼……」曹操略一沉吟：「往小路出發。」

「為……為什麼？」幾個士兵擔心的問。

曹操說：「兵法有說過，虛虛實實，實實虛虛，這是孔明在故布疑陣，別怕，走。」

走了一小段路，山路愈來愈難走，曹操卻又哈哈大笑起來，部將知曹操又是在笑諸葛亮、周瑜無謀；但是他剛才一笑完，就引來了兩路兵馬，這時再笑……

果真，前頭一聲砲響，是關羽領兵攔住去路。

眾將人困馬乏，已不能再戰。

「天哪，誰來救救我呀！」

曹操這麼喊一聲，我只覺全身痠痛：「曹操，九命去六啦。」

「知道，你快去。」

我想去，卻差點飛不起來，回頭一看，我多了個銅尾巴啦。

使盡力，用力飛上天，只見曹操的部下個個衣甲不全，渾身泥漿；反觀人家關羽，一身鮮明衣裝，多帥呀。

關羽，關在籠子裡的鳥，我想到了……

「關羽，關羽，」我停在他平伸的青龍偃月刀上，「別忘了，曹操對你恩重如山，連你的馬都是他送的。」

「當年的情，我已經斬顏良、文醜還他了。」

「可是你過五關斬六將時，他沒有派人追你，還一路放行，對不

對？」我希望能夠成功說服他：「你看曹操，他現在那個樣子，你真的忍心殺他？」

關羽捋著鬍子，又看看曹操——鬍子被火燒掉大半，滿身泥濘；僅存的部下，個個淚流滿面。

關羽長嘆一聲，大刀終於垂下。

「謝……」曹操想說。

「你快走吧，免得我後悔了，青龍偃月刀可饒不了你。」關羽說。

曹操一行人，總算淒淒慘慘走出華容道，等到曹仁趕來接應時，只剩二十七騎了。

照理說，能逃出生天應該很高興，曹操卻放聲大哭。

曹操很少哭，他大多在笑，打了勝仗笑，被打敗了也笑，他總是在笑裡檢討自己，然後下一次做得更好。

這回……眾將急忙問他：「丞相，為什麼哭？」

曹操擦擦眼淚：「我是哭郭嘉呀，如果郭嘉不死，我怎麼會有這次大敗呀。」

聽到主公在自己面前稱讚別人，那就表示，大家的表現都不及格。難怪那些謀士們個個都低著頭，紅著臉，沒人敢出聲，默默騎上馬。只聽見曹操的哭聲隨著風，飄上了天。

16 錦馬超也敵不住曹操

大事不妙。

真的不妙。

都怪曹操野心太大，赤壁之戰敗了，他看到劉備勢力變大了，想打劉備，卻擔心西邊馬騰作怪。

馬騰的西涼軍很厲害，他們擅長騎馬打仗，比曹操的軍隊強太多，怎麼辦呢？

反正皇帝在曹操身邊，他假藉皇帝的名義，宣馬騰來許都。他心狠手辣的個性又出來了，竟然派人把馬騰給殺了。

「好啦，這下我可以開開心心打劉備了。」

曹操大軍還沒出發，馬騰的兒子馬超，早已起兵為父報仇來啦。馬超除了自己來，還拉了西涼太守韓遂作伴。韓遂是馬騰的結拜兄弟，雖然不像劉備他們桃園三結義，但也是義氣相投，為了幫馬超報父仇，他點起手下八部人馬一同前往。

西涼兵作戰英勇，一路勢如破竹，沒幾天便攻下長安，曹操只好引著大兵趕來潼關。

馬超白袍銀盔，手執長槍，人不但英俊帥氣，槍法也厲害。他先敗于禁，又敗張郃，殺退李通和一堆曹軍小將。

曹軍嚇得膽顫心驚，退了又退，馬超把槍朝後一招，西涼軍一股腦兒衝殺過來，殺聲震天，聲勢驚人，曹軍被殺得屍橫遍野，血流成河。

退呀退呀，曹操死命的找路逃。

馬超哪能讓他跑掉，親自帶著騎兵衝進曹操軍中。

曹操一時間，想躲都來不及，西涼軍有人發現他，不斷的大叫：

「穿紅袍的是曹操！」

沒錯，曹操愛出風頭，打仗喜歡穿紅袍，目標太顯著了；他的槍被打掉了，寶刀被奪走了，退無可退的時候，他急得朝我大叫：

「小九，快救我啦！」

曹操一陣哀號，躲過刺來的長槍。我振翅想飛，全身一陣顫動，哦，胸口好燙，低頭，我的胸口閃閃發光，又變成銅的了。

銅打的喜鵲，這麼重，我想快也快不了。

「九命剩二啦。」

我正說呢，敵兵長槍刺來，我連忙用翅膀把長槍拍掉。

曹操趁那空檔，拍馬就跑，西涼兵個個大叫：「抓穿紅袍的，曹操穿紅袍。」

這個笨曹操，我急忙叼下他的紅袍。

也不知道誰看見了，西涼軍又換詞了：「抓長鬍子的，長鬍子的是曹操！」

「我鬍子長也不行呀？」曹操很生氣。

「你快把鬍子割了吧！」我大叫，他搶過旁邊士兵的大刀，刀子一揮，割掉一大半的鬍子。

「哼，看你們怎麼找我。」逃難當中，他還有空大笑。

曹操嘴巴還沒合起來，四周響起來的聲音全成了：「快呀，那個鬍子割得又醜又怪的就是曹操。」

曹操一聲慘叫：「連這也知道呀？小九，是不是有奸細在我軍中？」

有沒有奸細我不知道，總之敵人追來啦。我急中生智，拉過一面旗幟給他包住臉：「這下沒人找得到你了吧？」

彷彿天神降凡，有個聲音如雷響：「曹操，哪裡去！」

曹操回頭一看，背後錦袍銀盔，天哪，是馬超。

馬超武藝高超，他的槍我可撥不掉，誰能救曹操？

戰場上亂七八糟，這裡一群廝殺，那裡一群混戰，這種時候，誰能救曹操？

底下，曹操的馬鞭被馬超打落了，他躲在一棵大樹後繞圈圈，馬超攻勢急，怎麼辦呀？

曹操，
你別跑！
怎麼這樣你也
認得出來？

不遠處有個銅盔將軍，我眼睛一亮，是曹洪。

我急忙飛近他身邊，扯著他的衣服：「曹洪，去救曹操。」

「主公，主公在哪？」

「大樹！」我大叫：「大樹下，快！」

曹洪一聽，連砍數十人，衝到樹下，大刀恰好架住馬超的長槍：

「馬超，勿傷吾主。」

有曹洪來幫忙，曹操找到空檔，終於逃回營寨了。

「小九，幸好有你。」

「誰叫你這人呀……」

「對對對，都是我的錯，我千不該萬不該，就不該殺了……」

他開始嘮叨，說是勝敗乃兵家常事，笑一笑，下回再來嘛。

對啦，他看得開，一個月後，新的月旦評出來了，標題是：誠信。

曹馬大戰，僵持至冬天。

艱苦的大戰中，曹軍忙著蓋碉堡，可是河邊都是沙地，沙地鬆軟蓋不起城堡。

曹操正發愁，參謀婁圭想出妙計：天寒地凍，堆沙為城，澆水過一夜，就能結成冰牆。曹軍依計進行，果然在鬆軟的沙地上築出堅硬的冰牆，繼續與馬超決戰。

天氣冷，兩邊都想談和，西涼太守韓遂派人求和，願意割地退兵。

曹操答應了，說是兩家既然不打仗，他願意親自到陣前與韓遂相見。

韓遂的部隊沒見過曹操，大家都想看看「亂世之奸雄」。

曹操脫下盔甲，放下武器，騎著一匹馬來到韓遂軍前。

「你們想看曹操嗎？我就是曹操，跟一般人一樣，沒有四個眼睛兩個嘴巴，只是比平常人多點智慧罷了。」

曹操還輕聲對韓遂說：「我跟你父親，當年一起舉孝廉（註二），一起當官。不知何時，才能讓世上太平，不再打仗呀。」

他們談了很久，這才回到各自的部隊。

後來，聽說曹操又寫了一封信給韓遂，曹操還故意在信上塗塗抹抹，然後寄出去。

曹操是文學高手，怎麼可能寫起信來錯字連篇？

馬超看到韓遂和曹操聊天，以為兩人私下有什麼約定，又看了那封塗塗抹抹的信，以為韓遂故意把重要的地方塗掉，不讓他看。

馬超認為韓遂與曹操串謀。

韓遂認為馬超在無理取鬧。

馬韓聯軍因此瓦解，互相打得不可開交。曹操只以一封信，就把馬超趕回西涼，還賺到了韓遂來投降。

月旦總評：一封信，見證雙方的誠信。

註二一：漢朝的一種取士制度。指地方官向朝廷推薦孝順父母、清廉方正的人出來做官。

17 最後一次救曹操

關羽來了，不是他自己走進來，他是被人捧進來的。

那是關羽的首級，被裝在一個木匣裡。

這隻籠中鳥，在麥城被孫權打敗，不肯投降，結果……

曹操對關羽又愛又恨，愛他武藝高，恨他不肯死心塌地的投降。

他用顫抖的雙手打開木匣，關羽的頭栩栩如生。

「籠中鳥……」

他才說了一句話，關羽的眼睛竟然睜開，望著曹操，還叫了他一聲丞相。

於是，一向惡人沒膽的曹操，就被嚇到昏倒了。

曹操被救醒後，每天晚上都會夢到關羽。

「沒有……不是我，不是我。」曹操淒厲的叫聲，迴盪在長廊裡。

他白天昏昏沉沉，偏頭痛的毛病又犯了。

「小九呀，你……你快救我呀。」

「我……曹操，我只剩一條命能救你啦，以後就沒有了。」

曹操臉色蒼白：「那就快……呀。」

「好吧，你……」我才念了一句，身體發熱，我猜我最後一根羽毛也變成銅的了。

這下找誰救曹操？許褚武功高，不會治病；曹洪行軍厲害，也不會治病；講到治病，就要找……

「華陀，當年關羽中了毒箭，就是華陀為他刮骨療傷的。」

華陀的家不遠，華陀的家也很好認，跟著藥草味走就對了。

「華陀，華陀，請你去幫曹操看病。」

華陀是個好人，一聽有人需要治病，抱著藥箱就來了。

病床上，曹操摀著頭，疼得大叫。在他床前，跪滿了人，聽說華陀是當今第一名醫，曹洪、曹仁都朝我點點頭，讚賞我找得好。

有了華陀，應該沒問題，只要華陀能醫……

華陀把了脈，望了診，他有把握：「丞相這病不難治，是風入腦涎。」天下第一名醫名不虛傳，一眼就看出病根。

「那怎麼治呢？」

「簡單，先拿斧頭，把丞相的腦袋切開，清洗乾淨以後，就能根除這毛病。」

「砍腦袋？」一向只有曹操砍人腦袋，哪有他的腦袋讓人砍的道理。「你——你分明就是想害我，來人啊，把他押進大牢裡。」

華陀一路喊冤，我也不平：「曹操，你怎麼把醫生抓起來？」

「小九，我不管，你快去替我再找個大夫來？」

「我——」我的嘴巴才張開，突然就僵住了。沒錯沒錯，我的爪子也愈動愈僵硬了，要很用力才能勉強動得了。

曹操還在底下問我：「去呀，你怎麼不講話呀？」

我想講，但是嘴巴打不開，只能聽見聲音。

曹操在叫人：「人呢？人呢？快來人呀。」

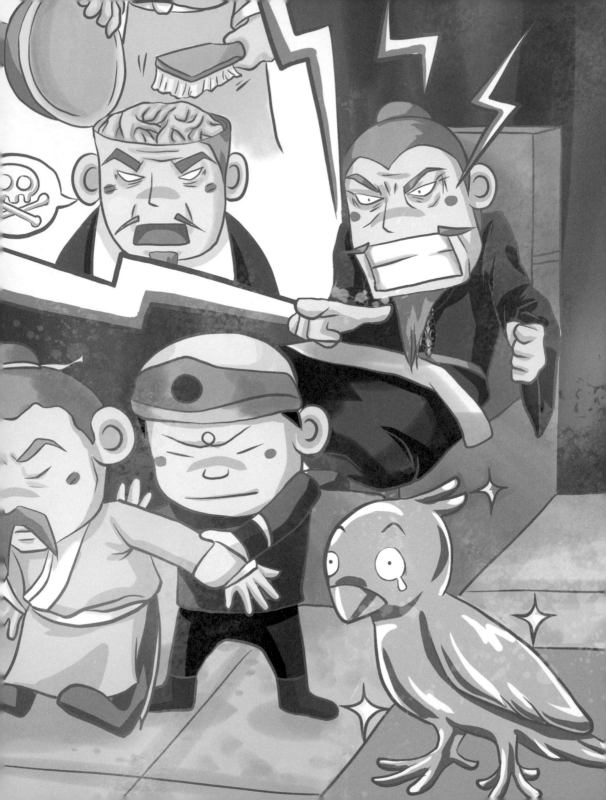

四面八方傳來的，都是大臣們的聲音。

「丞相，怎麼啦？」

「丞相……」

「快派人找大夫來呀。」

我的耳朵還能聽得見，大夫們都說他們無能為力了。曹操奄奄一息，還不忘了嘮叨：「我的四個兒子中，次子曹彰勇而無謀，三子曹植華而不實，幼子曹熊體弱多病，只有長子曹丕能繼承大業，你們定要好好扶助他。」

曹操在交代後事了？

「我平日藏了不少香料、布匹，全都送給我的太太們，要她們今後勤習針線，多做繡鞋，賣了錢還可養活自己。還有，要替我造七十二座假陵墓，掩飾真正的葬身之處，以免後人盜掘我的墓……」

我在腦海裡嘆氣，這個曹操，連到死都還不忘碎碎念……

「我一輩子最喜歡兩隻鳥，一隻籠中鳥，已經人頭落地；另一隻就是牠啦！」曹操說的是我嗎？

「來人啊，架上的銅鵲拿來，把它放在我胸前，我要它陪我……」果然是我。

我不要，我想這麼說，可是全身上下僵硬，只剩爪子勉強能動。看不到，感覺卻很清楚，我被人抱起來，放在一個人的身上。那人該是曹操吧，他兩隻手才剛放在我身上，一時，四面八方傳來一陣哭聲，哭聲震天，人人喊著：

「丞相別走，丞相呀……」

看來，曹操真的死了，他的喪事辦了很久很久。

直到後來，好像被送到墓裡。

最後一個人走後，四周安安靜靜。

我終於懂許劭師父的話了。他給我九條命，讓我救曹操八次，他留給我最後一條命，讓我長生不老。

但是，誰知道所謂的長生不老，竟然要永遠鎖在這個銅鵲身體裡。

怎麼辦？

會不會有一天，我連動也動不了？

趁著能動，我得把記得的事全寫下來，告訴大家，曾經在很久以前，有隻喜鵲名叫小九，牠救過曹操八次……

讀書會

看完了曹操的故事，你對他的印象是什麼？
曹操的個性和作為，是否讓你聯想到身邊的某些人？
翻開【三國小學堂】，分享你對曹操的感覺。

曹操的真面目

許劭在〈月旦評〉裡品評曹操為「治世之能臣，亂世之奸雄」。而真實的曹操是：

- ◆個子矮矮，眼睛很細。
- ◆會假裝中風，騙過不喜歡自己的叔叔。
- ◆洛陽城裡的小混混，遊手好閒，甚至結夥搶劫新嫁娘。
- ◆當官時，嚴格執行法律。
- ◆打仗時，攻城為下，攻心為上，擅長兵法。
- ◆有勇有謀，謀刺董卓失敗出逃。
- ◆誤殺呂伯奢一家人，狂言「寧教我負天下人」。
- ◆為報殺父之仇，氣恨全發洩在無辜的百姓身上。
- ◆深謀遠慮，挾天子以令諸侯，非常人所敢為也。
- ◆軍中缺糧時，卻借下屬的頭顱，平息眾怒。
- ◆極愛關羽的才能，不惜將赤兔馬相贈。
- ◆用奇計襲烏巢，打敗兵多將廣的袁紹，統一北方成為霸主。
- ◆赤壁一戰，卻連番中計，兵敗華容道，還能連聲三笑。
- ◆在西涼對戰馬超，割鬚棄袍狼狽而逃。

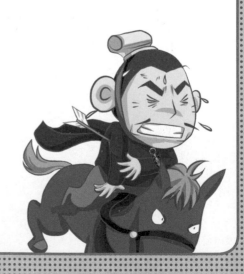

看起來，曹操在不同時候有不同的思想作為與行事風格。人的一生經常是不同思想風格的組合。想想你自己呢？你的朋友、親長、老師呢？請試著在左邊的表格裡寫下你認識的人以及不同的形容詞，勾選符合他們個性的描述，並說明原因。

思想風格＼人名	曹操（範例）					
有野心的	√					
樂觀的						
積極的	√					

詩說三國人物

猜猜看，這些大家耳熟能詳的詩句是描寫哪一位人物呢？或敘述哪一件事情呢？

1. 血染征袍透甲紅，當陽誰敢與爭鋒？
古來衝陣扶危主，只有常山趙子龍！

2. 威鎮乾坤第一功，轅門畫鼓響鼕鼕。
雲長停盞施英勇，酒尚溫時斬華雄。

3. 功蓋三分國，名成八陣圖。
江流石不轉，遺恨失吞吳。

4. 天地英雄氣，千秋尚凜然。勢分三足鼎，業復五銖錢。
得相能開國，生兒不象賢。淒涼蜀故妓，來舞魏宮前。

5. 遙想公瑾當年，小喬初嫁了，雄姿英發。羽扇綸巾，談笑間。強虜灰飛煙滅。

6. 三顧頻煩天下計，兩朝開濟老臣心。出師未捷身先死，長使英雄淚滿襟。

快問快答

1. 曹操說：「寧教我負天下人，休教天下人負我。」你認同曹操的想法嗎？

2. 赤壁之戰曹軍大敗，逃亡途中，曹操為什麼三次大笑？請說說你的看法。

詩說三國人物解答

1. 趙子龍
2. 關羽
3. 諸葛亮
4. 劉備
5. 周瑜
6. 諸葛亮

推薦文

當我們同看《三國》

東華大學中文系教授　王文進

臺灣中視曾播映二〇一〇年中國拍攝的九十五集《三國》電視連續劇。細心的觀眾逐漸會發現到：無論是人物的造型或情節的推展，似乎和一九九四年大陸中央電視臺製作的八十四集《三國演義》有極大的出入。其中劉備變得極為英華內斂、遇事果斷明決，似乎不那麼全然依賴諸葛亮的神機妙算。孫權也變得聰明睿智，處理國家大政能調和鼎鼐，對於群臣正反兩派的激爭能順勢利導，毫無猶疑不決的焦躁。魯肅更是由以前那種始終在孔明與周瑜兩強鬥智漩渦中窘態畢露的左支右絀，搖身一變成為跟孔明一樣料敵機先、運籌帷幄的儒雅高士。甚至可以在荊州之爭中義正辭嚴的折服歷來為三國迷視為最高偶像的關雲長。如此撲朔迷離的變動，究竟何者為是？何者為非？相信大家一定開始感到困惑不解。

歷史小說的新熱潮

其實一九九四年中國中央電視臺八十四集的連續劇是完全根據中國明代四大小說之一《三國演義》改編而來，除了極小部分情節的更動之外，編導強調的是忠於小說原著。雖然小說原著並不吻合歷史上真正發生過的真實或是西晉史學家陳壽所寫的《三國志》，但由於小說中所塑造的聖君、賢臣、勇將的忠孝仁義深入中國文化的各個層面，故而早已被當成「正史」一般加以傳頌、詠歎。而二〇一〇年版本的九十五集三國連續劇則是蓄意掙脫小說《三國演義》的束縛與框架，企圖加入一些更早的史籍資料，再重新予以組合。

所謂歷史中更早的史籍，大致可以回歸到陳壽的《三國志》及裴松之的《三國志注》。因為三國的這一段歷史，最早是由西晉的陳壽在三分歸晉之後的十年左右，也就是公元兩百九十年前後，以史書的形式《三國志》加以記錄。而後在事隔一百三十幾年後，劉宋王朝的裴松之又收集了一百多本史書加以補充陳壽《三國志》對三國歷史人物的紀錄，對於重新拼湊三國歷史真相的工作有極大的意義。二〇一〇年版本的三國連續劇其實就有些部分嘗試跳過小說《三國演義》，直接就三國史籍的源頭重新編寫一套三國群雄稱霸史，卻因此使長期執迷於小說《三國演義》的三國迷陷入困惑與錯愕。

平衡史實與虛構情節的改寫

這一套兒童版【奇想三國】，其實也同樣面對如何重新塑造處理三國英雄人物的難題。如果延續小說《三國演義》的文獻紀錄來寫諸葛亮與劉備的英勇事蹟，當然是順水推舟、事半功倍。因為小說《三國演義》本來就是以「擁蜀抑曹」為立場的敘述角度；諸葛亮的神機妙算與劉備的仁義兼備只要順著小說原來的旋律加以改寫，就足以令人悠然神往。但是若要用同一筆調描寫孫權就扞格不合了，因為《三國演義》雖然表面是寫三國逐鼎之爭，骨子裡小說家的敘述角度卻巧妙的落在蜀魏爭霸的動線上，而孫吳其實一直是被邊緣化與丑角化。試看其赤壁英雄周公瑾，始終被寫成一個心胸狹窄，不識大體的輕佻之士；而魯肅也只是一位唯唯諾諾的甘草人物。但歷史上的孫權連曹操都不禁讚歎：「生兒當如孫仲謀」，而魯肅對天下大勢的精準分析，比諸葛亮的「隆中對」更要早了七年。他的身材魁武雄壯，也絕不是平劇上略顯駝背、不堪負重的造型。所以本系列寫到孫權的時候，就不得不跳過小說《三國演義》。因為《三國演義》的孫權在周瑜的慫恿下，居然天真的想用自己的妹妹當釣餌，去誘騙劉備過江招親，結果落了個「賠了夫人又折兵」的笑柄。別忘了歷史上的孫權深黯天下大勢之所趨，知道唯有把荊州借給劉備，讓劉備替孫吳去阻擋北方的曹操，才是對東吳最有利的規劃。這一些都是

要由《三國志》及裴松之引據的相關史料來加以重新推測組合。

拉近讀者與歷史之間的距離

所以本系列依據的典籍，大略可分成兩個系統：「劉備」、「孔明」、「曹操」大致根據的是小說《三國演義》，而「孫權」的傳略事蹟根據的則是陳壽《三國志》及裴松之的《三國志注》。當然我們不會期望小讀者對於三國故事的來源能如此窮根究柢，我們最大的期望是小讀者們能經由這四個三國人物的事蹟及其傳奇風采，逐漸進入三國故事宏偉的旋律中，進而激發其對歷史故事的思考。希望將來他們成年之後，能經由童年所培養的興趣，而發展出真正探討歷史真實的能力。因為我們相信一個有能力探討歷史的青年，一定是領導社會的卓越菁英。

換句話說，本系列在改寫的過程中，態度是極為嚴謹的。雖然為了提高小讀者閱讀的興趣，採取了兒童文學敘述的筆調，並分別虛構了四個敘述者的角度，企圖拉近英雄人物的歷史舞台與小朋友心靈世界之間的距離，但是有關史籍的引用卻是極具分寸的。若非根據小說《三國演義》加以改寫，就是間接援引《三國志》及《三國志注》的資料，其來龍去脈大致有跡可循。

相信有一天閱讀這套讀物的小朋友進入高深的求學領域時，這套書仍然可以經得起他們的回味及探究，而成為其成長過程中永遠迴盪的主旋律。

推薦文

如果拿《三國演義》當國語教材……

北投國小資優班老師　陳永春

在高年級國語課中進行「導讀三國演義」教學多年，初期是以「人物研究」做為資優班選修的課程。後來擔任普通班高年級導師，從國語課本中選錄「草船借箭」進行延伸，全班幾乎也能把《三國演義》裡近八個回合所描述的赤壁之戰，整個讀過一遍。

「古典文學中的文言文，對學生來說不會很難嗎？」常有家長和老師們這樣問我。其實孩子們對這些帶著神秘氣氛的歷史故事，並不陌生啊！許多小朋友，都是經由電玩、漫畫、動畫開始接觸《三國演義》的。這些經驗基礎，只要適當的引導，「借力使力」透過電影、戲劇中的對白，適時「引經據典」一番，文言文就不再生硬陌生；反而文言文中對仗的、精簡的、充滿象徵意味的文字，更能表現一些獨特的美感，甚至吸引他們也想自己寫寫看呢。

經典故事導入教學

中高年級學生的閱讀傾向，適合閱讀「傳記類」、「歷史性」的小說；而《三國演義》中人物之多、事情變化之曲折，人情事理中顯露出人性的種種狀態，都可提供學生「學得了做人與應世的本領」。經典之所以成為經典，必有可觀之處。經典是可以跟現在正在發生的生命狀態產生對話、允許辯論、質疑和討論的。

而在教學設計上，要有教學理念的高度，也要有適合孩子口味的親和力。孩子學習動機強，就能廢寢忘食、深入鑽研，激發令人驚喜的潛力。「導讀三國演義」課程，就是希望藉由對小說情節的討論，讓學生有能力檢視自己的生活經驗與人際關係。既然是討論，就不必有標準答案，不管贊成或反對，都要說明理由，以培養深度思辨的能力。

天下雜誌童書出版的【奇想三國系列】是專為國小中高年級出版的中長篇小說，每一本故事都有一個虛擬人物來串連主角的人生，以這個虛擬人物的角度來看主角的功過。例如《九命喜鵲救曹操》是由一隻九命喜鵲的角度來看曹操的一生；《萬靈神獸護劉備》則是有一個「守護龍」來推劉備上皇帝的寶座。虛擬人物增加了故事的新鮮及趣味度，史實的部分則是以《三國演義》與《三國志》為基礎。同樣的故事情節，在不同的人物傳記裡，也呈現了不同角度的敘寫，讓讀者有不同的觀察與思考。

例如「孔明借東風」一段，在《影不離燈照孔明》中是這樣寫的：

（孔明）寫好了以後，把藥方交給周瑜看，上面寫著：

欲破曹公，宜用火攻。萬事俱備，只欠東風。

周瑜看了，臉上露出苦笑，他說：「原來先生早就知道我的病源，那麼該用什麼藥來治？」

主人（孔明）告訴周瑜：「如果都督需要東南風，可以在南屏山建一座『七星壇』。孔明就在那兒作法，借來三天三夜的東南大風，幫助都督順利火攻曹營。您覺得這藥方如何？」

周瑜說：「不必三天三夜，只要一夜大風就夠了。現在時機成熟，我們不能再等了，立刻去做吧。」

「那麼就訂在十一月二十日作法，如何？」

在《少年魚郎助孫權》中是這樣寫的：

周瑜的病，諸葛亮說他會醫。

這倒奇了，周瑜派龐統去治曹操的偏頭痛，諸葛亮卻來醫周瑜的病。

「心病需要心藥醫，都督萬事俱備，只欠一樣藥引。」

瞧諸葛亮說得煞有其事的，連主公都忍不住問：「那，欠了哪樣藥引？」

諸葛亮大筆一揮，白紙上赫然出現「東風」二字。

周瑜掙扎著從床上起來，瞪著諸葛亮問：「可惜隆冬臘月，何來東風？」

諸葛亮一笑：「依我看，近日天氣回暖，尤其白日，晴空萬里，江面平靜無波，倒有幾分三月小陽春。」

周瑜蒼白的臉上，呈現出笑容了：「意思是……」

諸葛亮大笑：「都督速速回到軍中，東風一至，這場大戰要上場啦。」

以經典文學培養思辯能力

古典而文言的歷史故事，能透過活潑、有趣的小說筆觸，引領孩子更有興趣的學習語文；它帶給孩子們一種對知識的態度，也形成有厚度的人文思維。由於現今社會大環

境，較少人討論經典，很少人教授經典，年輕人也鮮少受到經典的影響；或許我們可以從設計流行文化著手，也可以切身的議題做為誘因，「以經典教育提升中文力，並培養小讀者的思辨能力」。

日前，在報紙上讀到一篇關於周瑜在打贏赤壁之戰，幾個月後卻病倒猝逝的醫學解析。原來在《三國演義》中所描寫的「三氣周公瑾」，是周瑜嫉妒諸葛亮，反處處被譏而致箭瘡復發吐血而亡。但透過作者醫療專業背景的分析：周瑜在與曹仁對峙時被流矢射中右肋，第一時間沒有死亡，表示箭傷應該沒有深入胸腔，傷及心臟及大血管；但如果是皮肉之傷，以周瑜羽扇綸巾的本錢，傷口也應該早就癒合，又何來舊傷復發致死呢？合理的推論是，這枝利箭是深及胸腔，但沒有傷及重要器官，所以不會出血致死；但是細菌感染卻慢慢由皮下深入胸腔，在當時沒有抗生素可以使用，又沒有好好休息的情況下，身體的免疫大軍自然節節敗退。

這些類似 CSI 犯罪現場的第一手實況報導，也算是開展了對經典文學的另一種閱讀面向吧。

九命喜鵲救曹操

作　　者｜王文華
繪　　者｜托比

責任編輯｜許嘉諾
特約編輯｜游嘉惠
美術設計｜林家蓁、蕭雅娸
行銷企劃｜葉怡伶

天下雜誌群創辦人｜殷允芃
董事長兼執行長｜何琦瑜
媒體暨產品事業群
總經理｜游玉雪　副總經理｜林彥傑
總編輯｜林欣靜　行銷總監｜林育菁
副總監｜李幼婷
版權主任｜何晨瑋、黃微真

出版者｜親子天下股份有限公司
地址｜台北市 104 建國北路一段 96 號 4 樓
電話｜（02）2509-2800　傳真｜（02）2509-2462
網址｜ www.parenting.com.tw
讀者服務專線｜（02）2662-0332　週一～週五：09:00~17:30
讀者服務傳真｜（02）2662-6048
客服信箱｜ parenting@cw.com.tw
法律顧問｜台英國際商務法律事務所．羅明通律師
製版印刷｜中原造像股份有限公司
總經銷｜大和圖書有限公司　電話：（02）8990-2588

出版日期｜ 2012 年 9 月第一版第一次印行
　　　　　2024 年 4 月第一版第二十八次印行
定　　價｜ 280 元
書　　號｜ BCKCJ017P
I S B N｜ 978-986-241-585-6（平裝）

訂購服務
親子天下 Shopping ｜ shopping.parenting.com.tw
海外．大量訂購｜ parenting@cw.com.tw
書香花園｜台北市建國北路二段 6 巷 11 號　電話（02）2506-1635
劃撥帳號｜ 50331356 親子天下股份有限公司

國家圖書館出版品預行編目資料

九命喜鵲救曹操 / 王文華文 ; 托比圖. -- 第一版. -- 臺北市 : 天下雜誌, 2012.09
220 面 ; 17*21公分. -- (樂讀456系列 ; 17)
ISBN 978-986-241-585-6（平裝）
859.6　　101015832

小時候會讀、喜歡讀，不保證長大會繼續讀或是讀得懂。我們需要隨著孩子年級的增長提供不同的閱讀環境，讓他們持續享受閱讀，在閱讀中，增長學習能力。這正是【樂讀456】系列努力的方向。 —— 中央大學學習與教學研究所教授 **柯華葳**

系列特色

1. 專為已經建立閱讀習慣的中高年級以上讀者量身打造。
2. 兩萬到四萬字的中長篇故事，培養孩子的閱讀續航力。
3. 多元化題材及結構完整的故事內容，全面提升閱讀、寫作及表達能力。
4.「456讀書會」單元，增進深度理解與獲得新知。

妖怪醫院

世上絕無僅有的【妖怪醫院】開張了！
結合打怪、推理、冒險……「這是什麼鬼！？」
新美南吉兒童文學獎作家富安陽子
最富「人性」與「療效」的奇幻故事

故事說的是妖怪，文字卻很有暖意，從容又有趣。書裡的妖怪都露出了脆弱、好玩的一面。我們跟著男主角出入妖怪世界，也好像是穿越了我們自己的恐懼，看到了妖怪可愛的另一面呢！

——知名童書作家 **林世仁**

生活寫實故事，感受人生中各種滋味

★「好書大家讀」入選

★教育部性別平等教育優良讀物
★文建會台灣兒童文學一百選
★中國時報開卷年度最佳童書
★新聞局中小學優良讀物推介

★中華兒童文學獎
★文建會台灣兒童文學一百選
★「好書大家讀」年度最佳讀物
★新聞局中小學優良讀物推介

創意源自生活，優遊於現實與奇幻之間

★「好書大家讀」最佳讀物
★文化部中小學優良讀物

★新聞局中小學優良讀物推介

★「好書大家讀」入選

掌握國小中高年級閱讀力成長關鍵期

樂讀456，深耕閱讀無障礙

學會分析故事內涵，鍛鍊自學工夫，增進孩子的閱讀素養

奇想三國，橫掃誠品、博客來暢銷榜

王文華、岑澎維攜手說書，用奇想活化經典，從人物窺看三國

本系列為了提高小讀者閱讀的興趣，分別虛構了四個敘述者的角度，企圖拉近歷史與孩子之間的距離，並期望，經由這些人物的事蹟，能激發孩子對歷史的思考，並發展出探討史實的能力。

——東華大學中文系教授、「三國學」專家　**王文進**

一般人只看到曹操敗得多淒慘，孔明贏得多瀟灑，我卻看見曹操的大器，拿得起，放得下！

——**王文華**

如果要從三國英雄裡，選出一位模範生，候選人裡，我一定提名劉備！

——**岑澎維**

孔明這位一代軍師生在當時是傑出的軍事家，如果生在現代，一定是傑出的企業家！

——**岑澎維**

孫權的勇氣膽略，連曹操都稱讚：生兒當如孫仲謀！

——**王文華**

黑貓魯道夫

一部媲美桃園三結義的黑貓歷險記

這是一本我想寫了好多年，因此叫我十分妒羨的書。此系列亦童話亦不失真，充滿想像卻不迴避現實，處處風險驚奇，但又不失溫暖關懷。寫的、說的，既是動物，也是人。

——知名作家　**朱天心**

★「好書大家讀」入選
★榮登博客來網路書店暢銷榜
★日本講談社兒童文學新人獎
★知名作家朱天心、番紅花、貓小姐聯合推薦

★「好書大家讀」入選
★日本野間兒童文藝新人獎
★日本路傍之石文學獎
★知名作家朱天心、番紅花、貓小姐聯合推薦

★知名作家朱天心、番紅花、貓小姐聯合推薦

★日本野間兒童文藝獎